1
Author 日之影ソラ
Illustrator コユコム
「お前、俺の嫁になれ」
「……へ？」
魔王は私に、求婚してきた。
悪役令嬢に転生した田舎娘がバッドエンド回避に挑む話
――死にたくないのでラスボスより強くなってみた――

ビリー
ベルフィスト・クローネ
物語の大筋には深く関わらないが、
要所で登場して主人公や勇者を後押しする
友人ポジションの青年。
スレイヤの手助けをしてくれるが、
その正体は――
スレイヤ・レイバーン
元はただの田舎娘だったが、
死後、物語の悪役令嬢
スレイヤに転生してしまう。
物語の知識と身につけた武力で、
破滅エンドを回避しようと動く。

物語の勇者たち
メイゲン・トローミア
アルマ・グレイプニル
ライオネス・グレイツ
フレア
スレイヤが転生した物語
本来の主人公、光の聖女。
親しくなった勇者たちと共に
魔王と戦うはずが、
何故か敵であるスレイヤと友人になり、
彼女に協力することに。

「条件を出すわ。
三日あげる。
その間に、私を惚れさせなさい」
私自身、らしくないセリフなのはわかっている。
でも、バッドエンドを回避するには必要だから。
彼が私に……
夢中になってもらわないと困るの。
「――わかった。
その挑戦を受けよう」

悪役令嬢に転生した田舎娘がバッドエンド回避に挑む話

——死にたくないのでラスボスより強くなってみた——

A Story about a Country Girl Reincarnated as a Villainess Who Tries to Avoid a Bad Ending.

1

Author
日之影ソラ
Illustrator
コユコム

口絵・本文イラスト　コユコム

1

A Story about
a Country Girl Reincarnated as a Villainess
Who Tries to Avoid a Bad Ending.

CONTENTS

プロローグ

痛みが徐々《じょじょ》に和《やわ》らいできた。何もかもが真っ赤に染まっている。

真っ赤なのは私自身。流れ出る血が目に入り、世界を紅蓮《ぐれん》に染め上げていた。

「……くふっ」

口から血が噴《ふ》き出す。お腹《なか》からも頭からも、いっぱい血が流れ出ている。致命傷《ちめいしょう》なのは、お医者さんじゃなくても理解できる。

なにせ私の身体だ。意識はまだあるのに、ピクリとも動かせない。

もうすぐ私は死ぬのだと、冷静に気づかされる辛さが誰《だれ》にわかるだろう。

「……はぁ、なんなんだろう……」

私の人生は平凡《へいぼん》だった。

なんてことのない小さな村に生まれた一人娘《ひとりむすめ》。家族との仲は良好で、友人も少ないけどちゃんといて、穏《おだ》やかに暮らしていた。しいて言えば、刺激《しげき》がない日々に飽《あ》き飽きしていた程度だろう。

二十歳《はたち》になった私は、刺激を求めて大きな街へ引っ越《こ》すつもりでいた。

そのための準備もして、両親に許可もとっていた。

順調だった。もうすぐ、新しい環境《かんきょう》での新生活が始まる。少しだけワクワクしていた矢先に、村を魔物《まもの》の群れが襲《おそ》った。

小さな村だ。戦える人なんてほとんどいない。あっという間に村は魔物に蹂躙《じゅうりん》されて、私は運悪く逃《に》げ遅《おく》れてこの有様だ。

慣れ親しんだ我《わ》が家《や》の天井《てんじょう》に潰《つぶ》されて、いろんなところに穴が開いてしまった。

「……みんな……大丈夫《だいじょうぶ》、かな……」

お父さんやお母さん、友達は逃げられただろうか？

心配ではあったけど、正直もうどうでもよかった。

私はここで死ぬ。私の人生はここで終わる。何もなく、ただ生きただけの二十年間に幕が下りる。

満足なんてしていない。空《むな》しさしか残っていない。瞳《ひとみ》から涙《なみだ》が零《こぼ》れ落ちる。

ふと、部屋の棚《たな》から一冊の本が落ちてきた。

私はギリギリ動かせる瞳だけを動かし、落ちてきた本を見る。

それはある少女の架空《かくう》の物語。特別な力を持った主人公の女の子が、頼《たよ》りになる男の子たちと出会い、絆《きずな》を深め合いながら成長し、やがて世界を救うお話だ。

私はこのお話が大好きだった。

現実では味わえない非日常が詰《つ》まっていたから。

「……いいなぁ」

ずっと思っていた。私も、この本の主人公のように特別な存在で、苦しくも幸福な日々を送れたら……。

そう何度も思った。

ああ、神様。もしも来世があるのなら、私にもどうか……役割のある人生を与《あた》えてください。楽なんてできなくてもいい。

平坦《へいたん》じゃなくて、刺激のある物語の……登場人物になりたい。

薄《うす》れゆく意識の中で私は願った。

どうせ叶《かな》わない願いだと悟《さと》りながら、ゆっくりと目を閉じて……。

◇◇◇

身体が重い？

痛みは感じない。

まだ意識が残っていて、死ねないでいるの？

もういいから、終わっていいから。早く楽に……。

「……え？」

目を覚ました。目が開いた。もう開くことはないと思っていた瞳が、見知らぬ天井を捉《とら》えた。

私はベッドで眠《ねむ》っていたらしい。ゆっくりと起き上がり、周囲を見渡《みわた》す。

「ここ……どこ？」

右も左もわからない。

知らない部屋、しかも初めて見るくらい豪勢《ごうせい》な部屋だった。

ベッドもふかふかで、天蓋《てんがい》まで付いている。カーペットにカーテン、ソファーなんかも全部が高級そうで、村育ちの私には刺激が強い。

夢でも見ているのかな？

初めはそう思った。死の淵《ふち》に幸福な夢を見ているのかと。ただ、それにしては感覚がハッキリしすぎている。

手足も動くことを確認《かくにん》した。ちゃんと力も入るし、なぜか胸の奥《おく》から湧《わ》き上がる力も感じられる。

自分の身体とは思えない。肌《はだ》もこんなに白くて綺麗《きれい》じゃなかったし、視界の端《はし》に見える自分の髪《かみ》の毛も、燃えるような赤色をしている。

私の髪は茶色のはずだ。

「……私は……誰？」

自分で自分がわからない。状況《じょうきょう》も飲《の》み込《こ》めない。

困惑《こんわく》する私は、ふと大きな鏡が壁《かべ》に備え付けられていることに気付く。

角度的に自分の姿は未《いま》だ映っていない。私はベッドから起き上がり、徐《おもむろ》に鏡の前へと移動した。鏡で自分の姿を見れば、私が誰なのかわかる気がした。

そうして見た。

紅蓮の髪と瞳をした少女が立っている。見たことがない容姿だ。ただ妖艶《ようえん》で、物語の登場人物のように特徴的《とくちょうてき》だと思った。

直後、衝撃《しょうげき》が走る。

「な、なに……？」

頭の中に、見知らぬ映像が流れこんでくる。激流のごときそれは、記憶《きおく》だ。

誰かの？

違《ちが》う……この身体の記憶。少女に至るまでの、生まれてから今日までの記憶が再生されている。

突然《とつぜん》のことで驚《おどろ》き、私は頭を抱《かか》えた。ほんの数秒の出来事だった。そのわずかな時間で、私は理解した。否、理解させられた。

「……嘘《うそ》、でしょ？」

私が誰なのか。わかってしまった。そしてこの世界のことも……。

信じられないと思いながら、私は窓のほうへ歩く。ゆっくりと窓の外を見た。

「――ああ」

本当なんだ。ここは、私がいた世界じゃない。

太陽が二つ並んでいる。だけど、まったく知らない世界でもなかった。むしろよく知っていた。大好きで、何度も読み返した物語。死の淵で思い返した……あの本の世界だ。

「本当に……生まれ変わった？」

私の願いが聞き届けられた。

神様にも届いた。嬉《うれ》しい。なんて幸せなんだ。

と、素直《すなお》に喜べなかった。

「どうして……」

なぜなら、私はただ本の世界に生まれ変わったわけじゃない。

私には役目がある。脇役《わきやく》じゃなくて、物語の主要人物。

私の名前はスレイヤ・レイバーン。この物語の主人公……に嫌《いや》がらせをする敵対ヒロイン。いわゆる悪役令嬢《れいじょう》だった。


光の聖女と五人の勇者。それが、私が大好きだった本のタイトルだった。

物語のメインの舞台《ぶたい》となるのは、王都にある学園。主人公は平民ながら聖女の才能をもって生まれ、学園に入学してから後に勇者と呼ばれる男性たちと運命の出会いを果たす。

紆余曲折《うよきょくせつ》、様々な問題を持ち前のやさしさと正義感で解決。

最初は敵対していた者たちとも仲良くなり、最後は共に協力して邪悪《じゃあく》な魔王《まおう》と戦う。しかも討伐《とうばつ》するのではなく、魔王すら救ってしまう。

誰も不幸せにならないハッピーエンド。ただし一人だけ、幸せになれなかった登場人物がいた。それこそが……。

「今の私……」

寝室《しんしつ》の鏡の前で何度確かめても、私がスレイヤである事実は揺《ゆ》るがなかった。

本に記されていた特徴《とくちょう》と全て一致《いっち》する。何より、頭の中に流《なが》れ込んできた記憶が、私が私であることを証明していた。

「はぁ……」

私は大きくため息をこぼした。

おそらく前世も含《ふく》めて、これほど落胆《らくたん》した記憶はないほどに。

生まれ変わったことは幸福だ。

役割のある人生がいいとも願ったし、この世界を最後に連想したのも事実。だけど、よりによってスレイヤはない。

このキャラクターだけはありえない。落胆していると、扉《とびら》がトントントンとノックされた。

「お嬢様《じょうさま》、お目覚めでしょうか？」

女性の声がする。たぶんこの屋敷《やしき》の侍女《じじょ》だろう。記憶通りなら、朝は侍女が起こしに来てくれる。

「ええ、もう起きているわ」

「――！　お着替《きが》えの準備をさせていただきます。入ってもよろしいでしょうか？」

「お願いするわ」

記憶通り、侍女が中に入ってくる。

彼女《かのじょ》の名前はルイズ。私の身の回りのお世話をしてくれている侍女だ。

部屋に入った彼女はせっせと動き、着替えを用意してくれた。私は着替えを手に取り、自分で着替え始める。

「お、お嬢様？」

「どうかしたの？」

「い、いえ……ご自身で着替えられるのです……か？」

ここではっと気づく。着替えはいつも、侍女に手伝ってもらっていたんだ。

いきなり自分で着替えだして不審《ふしん》に思われただろう。このキャラクターの性格上、身の回りのことを自分でやるなんて発想はない。

高飛車で自信家で、侍女や平民のことは人間だと思っていないような性格だったから。

彼女が妙《みょう》にビクビクしている理由もわかった。

普段《ふだん》の私はもっと威張《いば》っていて、侍女を馬鹿にした態度をとっていたんだ。

「えー、そうね。やっぱり手伝ってもらおうかしら？」

「は、はい。かしこまりました」

ルイズは慌《あわ》てて着替えを手伝い始める。

新しい記憶より、前世の記憶のほうが長くて色濃《いろこ》いせいか、誰かに着替えを手伝ってもらうことに歯痒《はがゆ》さを感じてしまう。

今の私はスレイヤだ。スレイヤらしい振《ふ》る舞《ま》いをするべきなのだろうけど……。

「い、いかがでしょうか？」

「ありがとう。ちゃんと着れているわ」

「――！　は、はい」

どうしても、スレイヤらしく高飛車に振舞《ふるま》うことはできなかった。私の態度の変化に怯《おび》えながら、どこかホッとしたような表情をルイズは見せる。

普段はもっと急《せ》かされ、罵倒《ばとう》されていたから。こんなにもあっさり着替えの時間が終わり、感謝されることに驚きを隠《かく》せない様子だった。

「そろそろ朝食よね？」

「は、はい！　ご用意できております」

「そう、じゃあ行きましょう」

一先《ひとま》ず今は、できる範囲《はんい》でスレイヤを演じてみよう。

もしかしたら本の世界とよく似ているだけで、まったく別の世界かもしれない。

そもそも普通《ふつう》に考えて、本とまったく同じ世界に生まれ変わるなんてありえるのかしら？

偶然《ぐうぜん》似てる名前、似た環境に生まれただけかもしれない。そう……きっとそうに決まってる。でなければ私は……。

部屋を移動し、朝食をとる。朝食の席には私の他に、父と母も同席する。

「おはよう、スレイヤ。昨日もよく眠れたかい？」

「はい。お父様」

「しっかり食べて大きくなるのよ。成長には栄養が大事なんだから」

「そうですね、お母様」

二人は私のことを溺愛《できあい》している。唯一《ゆいいつ》の娘《むすめ》であるから、ということもあるけど、単に二人が甘々《あまあま》なんだ。

この二人の甘やかしが影響《えいきょう》して、スレイヤは高飛車な性格になってしまっている。

ある意味この両親のせいで苦労させられるのだけど、悪気はないし、単に私のことを大切にしてくれているだけだから恨《うら》むこともできない。

「あら、スレイヤどうしたの？　なんだか元気がないわね」

「ああ、そうだな。私もそう感じていた」

「大丈夫です。少し考えごとをしていただけですから」

私は笑ってごまかす。さすが、毎日見ている人たちには違和感《いわかん》を覚えさせてしまうだろう。やはり私は、本物のスレイヤのようにはできない。

少しずつ、二人にも慣れてもらうしかなさそうだ。別にスレイヤを演じなくても構わないだろう。ここは似ているだけで、きっと本の世界とかじゃない。だから大丈夫。

「心配だな。もしかして、来年から通う学園のことでも考えていたのかい？」

「え……」

「大丈夫よ。スレイヤならたくさん友人もできるわ」

「学園……というのは？」

私は恐《おそ》る恐る尋《たず》ねた。

すると二人はキョトンとした顔を見せる。

「何を言っているんだい？　王立ルノワール学園だよ」

「来年からスレイヤも学園の生徒になるのよ」

二人の言葉に衝撃が走る。

学園の名前は、この身体の記憶にもあった。だけど考えないようにしていた。似ているだけだと、思《おも》い込むために……学園の名前まで一緒《いっしょ》で、その他の全ても似ている。もはや似ている、なんて表現すら足りない。

この世界はやっぱり、本の中の世界なんだ。だとしたら私は……スレイヤ・レイバーンは……悲劇の死を遂《と》げるだろう。

◇◇◇

スレイヤ・レイバーン。

彼女の役割はハッキリしている。主人公に敵対するもう一人のヒロインであり、数々の嫌がらせをして主人公を困らせる。

周りの男性を奪《うば》おうと画策したり、権力の全てを利用して主人公を陥《おとしい》れようとした。地位もあり、最初はスレイヤが優位に進める。しかし失敗が続き、徐々に学園での地位を失い、最終的には魔王に加担してしまった。

完全な敵となった彼女は、魔王の命令に従い主人公たちを追い詰める。

自らの地位を奪った主人公に復讐《ふくしゅう》するために。だけど、最後には魔王に裏切られて殺されてしまうんだ。

多くを救った主人公が、たった一人救えなかった人物。最後の最後まで、悪役として生き抜《ぬ》いた。そんなキャラクターに……私は生まれ変わってしまった。

「はぁ……」

食事を終え、自室に戻《もど》った私は力なくベッドに倒《たお》れ込んだ。

違う違うと思いたかったけど、手に入る情報がどれも、私の運命を暗示しているように感じてしまう。

私はもうすぐ十五歳《さい》になる。来年、王立ルノワール学園に入学して、私は出会うだろう。

この物語……いいや、世界の主人公に。主人公と共に世界を救う五人の勇者たちにも。

「……」

どうする？

このまま平穏《へいおん》に一年過ごして、学園に入学する？

そうして出会ってしまえば、私はもう逃げられないんじゃないの？

いや、でも、あれはあくまで本の中のお話だ。私はスレイヤじゃない。スレイヤのような選択《せんたく》をしなければ、破滅《はめつ》の未来は訪《おとず》れない……はずだ。

ごくりと息を呑《の》む。私自身が考えを否定するような寒気を感じる。

物語は七部で構成されていた。共通である序章と、各勇者たちを選んだ場合の結末。そして最後の章は、全ての勇者を選んだ際にたどり着く本当の終着点。

どの選択肢《せんたくし》に進もうとも、スレイヤの運命は変わらない。

主人公が誰を選び、共に進もうとも……スレイヤは必ず敵対し、魔王に加担して主人公たちを追い詰め、結局は裏切られて死ぬ。

その運命に変わりはなかった。まるで、お前は死ぬために生まれてきたのだと、運命に告げられているように。

私が感じた悪寒《おかん》は、おそらくそれだ。

仮に私がスレイヤとは違う道を選んでも、結局同じ未来が待っているんじゃないかという不安。逃げても、変わらなくても、私は魔王に殺される。

物語を進めるための材料に使われる。そうなる予感がした。いいや、なぜだか確信が持てる。このままでは、私は必ず不運な死を遂げるだろう。

物語のスレイヤのように。そして……一度死んだ前世の私のように。

「……嫌だ」

強く思う。一度ならず二度までも、不幸な死を迎《むか》えたくはないと。せっかく生まれ変わったんだ。絶対に不幸な未来にたどり着きたくない。

どうすればいい？

ただ逃げるだけじゃ足りない？

だったら……。

「強くなろう」

答えは単純だった。スレイヤの死は、魔王と関わることで完結する。

どういう形であれ、魔王によって殺される。そういう運命なんだ。それなら簡単だ。私が、魔王を倒せるくらい強くなればいいんだ。

死の元凶《げんきょう》が魔王ならば、魔王さえ倒せれば私は死なない。魔王を倒せるくらい強ければ、他の何かに殺される心配もない。

そう、強くなればいい。主人公よりも、勇者たちよりも、魔王よりも強く。

なってみせる！

必ず生き残って、幸せになるんだ。

今度こそ――

誓《ちか》いを胸に、時は流れる。

◇◇◇

一年後――

「忘れ物はないかしら？」

「はい」

「しっかりやるんだぞ。まぁ、スレイヤなら大丈夫だろうが」

「わかっています。それじゃ、行ってきます」

両親に見送られ、私は屋敷を出発した。学園の制服に身を包み、馬車に揺られて王都の主要部へ向かう。

生まれ変わって一年が経過した。私は予定通り、王立ルノワール学園に入学する。

「……ようやく、ね」

一年はあっという間だった。厳しくも激しい日々を過ごし、私は自らの成長を実感する。魔王よりも強くなる。そう決意して、毎日のように訓練した。

あの性格の両親だったから、私の性格の変化もそこまで疑うことなく接してくれた。ほしいと言えば手に入る環境も役立って、修行《しゅぎょう》する場所や相手にも困らなかった。

剣術《けんじゅつ》、槍術《そうじゅつ》、弓術《きゅうじゅつ》、その他もろもろの武術系。魔法《まほう》も含めて完璧《かんぺき》にマスターしたと自負している。

元々スレイヤは貴族出身で、生まれながらに優《すぐ》れた才能を持っていた。彼女の性格が違えば、物語の中でも主人公や勇者に匹敵《ひってき》する英雄《えいゆう》になれただろう。そういう記載《きさい》が本の中にあったほどだ。

一年間の修行《しゅぎょう》を経て、今の私は間違《まちが》いなく強くなっている。

「さぁ……」

もうすぐ始まる。私の運命を決める出会いが。序章が。心の中で気合を入れて、私は入学式が行われる会場に向かった。

会場は学園の敷地内《しきちない》にある。馬車で行けるのは学園の入り口まで。敷地内は徒歩での移動となり、関係者以外は立ち入れない。たとえ親類であっても、名のある貴族でも、無関係なら部外者として扱《あつか》われる。

言わばここは聖域だ。私は会場を目指して一人で歩く。

さて、そろそろタイミング的に……。

「スレイヤ」

思ったところで声をかけられた。優《やさ》しく少し高い声色《こわいろ》で私の名を呼びかける。

振り返った先にいたのは、美しい金髪《きんぱつ》の優しそうな男性だった。私が、この世界が本の中と同じだと確信した理由は、私の家や学園の存在だけじゃない。スレイヤには婚約者《こんやくしゃ》がいた。それこそ、今私に声をかけた人物であり……五人の勇者の一人。

「アルマ・グレイプニル」

「ん？　どうしたんだい？　いつも通り、アルマと呼んでほしいな」

彼《かれ》はニコッと笑う。アルマは私の、スレイヤの婚約者だ。少なくとも今は……。

「なんだかいつもと様子が違うね。ここ最近は僕《ぼく》の家にも来てくれなかったし、長く体調でも崩《くず》していたのかな？」

「……そんなことありません」

「――！　なんだか冷たいね。本当にどうしたの？」

素っ気ない態度をとる私に、アルマはキョトンと首を傾《かし》げる。

その反応にもなるだろう。本来のスレイヤは、彼にだけ猫《ねこ》を被《かぶ》っていた。自分をよく見せようと上品に振舞って、人懐《ひとなつ》っこく接していた。

普段を知っている彼からすれば、今の私はさぞ不自然だろう。だけど、これでいい。

「失礼します」

「え、ちょっと、スレイヤ？」

私は彼と関わる気はない。なぜなら彼は、主人公を支える勇者の一人だから。

スレイヤの婚約者がどうして主人公の味方になるのか？

簡単だ。彼はこの後、運命の出会いを果たす。

「あの、すみません」

私たちは呼び止められた。

今度は女性の声だ。振り返るまでもなく、それが誰かわかってしまう。この出会い方こそ、本の中の流れと一緒だから。

「入学式の会場はこっちで合っているんでしょうか？　広すぎて迷ってしまって……」

ゆっくり振り返った私に、申し訳なさそうな顔で尋ねる。

銀色の髪に透《す》き通る青い瞳。男女問わず見入ってしまう雰囲気《ふんいき》を持つ彼女こそ、この世界……いや物語の主人公。光の聖女フレアだ。

「君は……新入生かな？」

「はい。フレアといいます」

「僕はアルマ・グレイプニル、君と同じ新入生だ。よろしく頼《たの》む」

「はい！　よろしくお願いします」

満面の笑《え》みを向けるフレアに、アルマはドキッとしたのだろう。

知っているとも。彼はここで、彼女に一目ぼれしてしまう。

「会場はこの先をまっすぐに行ったところだよ」

「そうなんですね。ありがとうございます！」

よければ一緒に、と言おうとしたアルマ。それより早く、フレアは元気な笑顔《えがお》で駆《か》け出してしまい、後ろ姿を見つめる。

その様子を、隣《となり》で私が見ていることに気付く。

「あ、元気な新入生だったね」

「そうですね」

「スレイヤ、その……」

「お気になさらず」

あなたが彼女に惚《ほ》れることは知っていました。だからどうぞ、好きにしてください。

私のことはもう放っておいてくれて大丈夫だから。そっけない態度を取るのも、私がアルマに興味がないからだ。

興味以前に、関わりたくないとすら思っている。

私はアルマを無視して会場に向かった。会場に入り、最初にやったことは所在の確認だ。

「……いるわね」

ぼそりと呟《つぶや》く。確認していたのは、もちろん彼らの存在。アルマ以外の四人の勇者たちも、この学園にいる。

アルマを含む四人は新入生として、残り一人は先輩《せんぱい》として在籍《ざいせき》している。

新入生側にセイカを除く四人の姿を確認して、落胆する。

やっぱりいるのだと。わかっていたことだけど、徐々に逃げ場《ば》がなくなっていく感覚だ。

名門貴族に生まれ、将来を有望視される嫡男《ちゃくなん》。ライオネス・グレイツ。

同じく貴族の生まれで、ライオネスの親友。メイゲン・トローミア。

平民でありながら、類まれなる魔法の才能を持つ大天才。ビリー。

頼れる上級生で、学園のトップの孫。セイカ・ルノワール。

彼らは主人公であるフレアと出会い、運命を共にする。この世界が本の中の物語なら、彼らこそが主役級の登場人物だ。そして私は彼らの敵になる。

いずれ必ず、そういう未来が訪れてしまうだろう。だから私は考えた。力をつけるだけじゃ足りないと思った。彼らと完全に関わらず、平穏に過ごして学園を卒業する。

それが達成できれば、不運な未来は回避《かいひ》できるはずだ。全ての出来事は学園の在学中に起こる。誰とも関わらないように……。

仮に関わっても、自分の力で対処できるようにしておけば……。

「……やってやるわよ」

誰とも関わらず、ただのわき役として学園生活を過ごしてみせる。だからどうか……私には関わらないで。

近づかないで。そう願いながら、入学式を終えた。その後は場所を移動して、身体測定が始まる。物語ではここで、ライオネスとビリーのちょっとした衝突《しょうとつ》が起こる。

「なんだと？　もう一度言ってみろ」

「聞こえなかったんだ？　耳が悪いのかな？」

「貴様……平民の分際でその態度、不敬だぞ」

「ここは学園だよ？　身分の差は関係ないはずだけど」

考えている傍《そば》から始まっていた。

彼らは水と油だ。貴族としての地位や権威《けんい》、威厳《いげん》を重んじるライオネス。対するビリーは平民で、その辺りに関心がなく、魔法使《まほうつか》いとしての技量が全てだと思っている。互《たが》いに主張が合わない。

ちょっとした言い合いがヒートアップして……。

「もういい。口で言ってわからないなら、力で示すまでだ」

「気が合うな。俺《おれ》もそう思っていたところだよ」

ライオネスが炎《ほのお》を、ビリーが雷《かみなり》を操《あやつ》る魔法を発動させる。互いに敵意をむき出して、教員の声なんて届いていない。

衝突は免《まぬが》れず、強大な力を前にして誰もが手を出せない中で……。

「ダメ！」

唯一、フレアが飛び出した。ぶつかり合う寸前の二人の間に、臆《おく》することなく踏《ふ》み入った。

驚いた二人は咄嗟《とつさ》に魔法を中断する。だけど不完全で、小規模の爆発《ばくはつ》が起こり、フレアが怪我《けが》をしてしまう。

私も咄嗟に助けようかと手が動いたけど、その心配はいらなかった。

フレアは軽傷を負い、地面に膝《ひざ》をついている。

「おい貴様、なぜ飛び出してきた！」

「そうだよ。一歩間違えばお前が死んでいたぞ」

「……喧嘩《けんか》は……仲良しでもよくあります。でも……怪我はしてほしくなかったんです」

そう言って健気《けなげ》に彼女は笑う。

これこそ彼女の性格。誰かが傷つくことを心から嫌《きら》い、守るために自分の身すらいとわない。まさに、聖女の名にふさわしい。

そんな彼女の健気さに、ライオネスとビリーも胸を打たれる。

正直……ちょろすぎない？

とか思ったけど、本の中でもそういうものだと納得《なっとく》した。

「それで貴様が怪我をしていたら元も子もないだろう」

「まったくだ。治療《ちりょう》するから見せてくれ」

「大丈夫です。これくらいなら」

フレアは両手を合わせる。始まる。彼女の祈《いの》りが。聖女としての力が発現し、淡《あわ》い光が周囲を包む。魔法ではない力に、皆《みな》が驚き目を丸くする。

「これは……」

「まさか、聖なる力？　お前は聖女の力を？」

「聖女……ってなんですか？」

フレアは最初、自身の力のことを何も知らない。

魔法の一種だと思っている程度だ。その無知で鈍感《どんかん》なところも、彼らの男心をくすぐったのだろう。ただ……まぁ……実際に目の前にすると、やっぱりちょろいなと思ってしまう。あの二人も、そして……。

「綺麗だ」

私が近くにいることを忘れて、彼女に見入るアルマも、ため息をこぼす。

別にフレアは何も悪くないけど……こんなにもあっさり心変わりされるなんて、スレイヤが可哀《かわい》そうだなと。でも、それは本の中のスレイヤの話だ。

私は違う。私は……あんな風にはならない。

改めて決意を固める。場が治まり、身体測定の順番が回ってきた。

ここで見るのは魔法の力だ。なんでもいいから魔法を使って、今の自分がどれだけ魔法を扱えるか見てもらう。

本の中でスレイヤは、得意の水の魔法を披露《ひろう》した。しかし直前のフレアの存在が大きく、あまり注目はされなかった。

適当でいいかな。どうせ、みんなフレアのことで頭がいっぱいだ。

聖なる力を操る女の子。そっちに集中してくれて全然構わない。私はそれなりに見せて終わらせよう。

「アクアランチャー」

生成した水を高圧縮して放つ水の魔法。私は右手をかざし、前方で水の球体を生成し、用意された的に放った。

軽めを意識したつもりだった。けど、放った直後に悟った。

「あ……」

アクアランチャーは的を破壊《はかい》しただけでなく、背後の壁も貫通《かんつう》して粉砕《ふんさい》してしまった。

「な、なんだあの威力《いりょく》……」

「スレイヤ……？」

「……」

やりすぎた。というより、修行しすぎちゃった。自分がどれだけ強くなったのかは、こうして客観的に測らないとわからないものだ。

意図せず注目を浴びながら、私は反省した。

◇◇◇

「……はぁ」

入学式が終わり、帰り道。私は大きくため息をこぼす。いきなり盛大《せいだい》に失敗してしまった。本当は目立たず終わらせる予定だったのに……。

「変に注目されたくないんだけど……」

やってしまったことは仕方がない。

これから気を付けよう。そう考えていたところに、駆け寄る一つの足音。

「スレイヤ！　もう帰ってしまうのかい？」

「……」

声をかけてきたのはアルマだった。本の内容だと確か、身体測定が終わったあとにフレアと話をするはずだけど……。

時間的にそれも終わった後か。

本では記載がなかっただけで、一応私の元に来ていたみたいだ。

頑張《がんば》るわね。けど……ふと思う。明日から気を付けようと思ったけど、それでいいのだろうか？

もう失敗して、目立ってしまった以上、これから大人しくしたところで無意味だろう。

ならいっそ、攻《せ》めに出てみるのも手かもしれない。

「さっきの魔法すごかったじゃないか！　いつの間にあんな力をつけていたんだい？」

「……そうね、そうよ」

「スレイヤ？」

どうせこの数日後、私は彼に婚約破棄《こんやくはき》を告げられる。理由は言わずもがな、フレアに一目ぼれしたからだ。

彼の言い分は確か、真実の愛を見つけた……だったかな？

勇者たちはお気に入りのキャラクターだけど、正直アルマのことはあまり好きじゃない。

前提として、婚約者を一度捨てているから。そういう私怨《しえん》が私の背中を押《お》す。

未来が決まっているのなら……。

「アルマ、婚約を破棄したいなら構わないわよ」

「え……」

私のほうから、突《つ》き放《はな》してしまおう。唐突《とうとつ》な一言にアルマは言葉を失う。だけどすぐに正気を取り戻し、尋ねる。

「何を言っているんだい？　急にどうして」

「あの子に一目ぼれしたんでしょ？　言わなくてもわかっているわ」

「――っ！」

図星だから、なぜ気づいたという顔をする。

わかりやすい男だ。清々《すがすが》しいほどに。

「見てればわかるわよ。あの子が好きなら追いかければいいわ」

「ス、スレイヤ……これはその……」

「違わないでしょ？　あの子に会って、随分《ずいぶん》と熱視線を送っていたものね」

「うっ、いや……」

言い返せもしないアルマに、私は呆《あき》れた。少しでも私を好きな気持ちがあれば、何かしら反論するだろう。

それもない。ということはつまり、最初から好意なんてなかったんだ。

なら、終わらせてしまおう。こんな偽物《にせもの》の関係は。

「さようなら、アルマ。頑張ってあの子の気を引けばいいわ」

「スレイヤ！」

「私とあなたは他人よ。だからもう……話しかけないで」

私は彼に背を向け歩き出す。どんな顔をしているのか、引き留める気はあるのか。

もはやそれに興味もない。

私は生きる。生きるために、必要ない者は切り捨てよう。

彼らとの関わりなんて一番いらない。魔王との戦いも、他所でかってにやればいい。私は関わる気はない。ただもし、関わってしまうのなら……。

その時は――

「魔王だって倒してみせるわ」

破滅の終わりを回避する。

そのために、私は強くなったのだから。

第一章

学園に入学したスレイヤは、主人公のフレアに婚約者を奪われる。それをきっかけに、彼女はフレアを陥れるために行動する。

権力を使ってイジメたり、彼女より自分のほうが優れていることを証明しようと画策する。しかし目論見《もくろみ》は全てハズレ、結果的にフレアと彼らの親密度上昇《じょうしょう》に貢献《こうけん》してしまう。

そして物語序章の最後……スレイヤは魔王に利用され、裏切られて殺される。

物語の中で経過した時間は、約半年程度だった。最低でも半年、主要人物たちから離《はな》れ、魔王と関わらず平穏に過ごす必要がある。

そのための最初の関門は……。

「フレアと関わらないことね」

帰宅した私は、改めて状況《じょうきょう》を整理した。フレアや他の登場人物たちの存在は確認《かくにん》済みだ。

アルマの件も、向こうから言われる前に婚約破棄をしてあげた。

あれはちょっと気持ちよかったな。浮気《うわき》男には相応の罰《ばつ》を与《あた》えなきゃね。もっとも、この世界ではまだ浮気はしていないでしょうけど。

「さてと……」

そろそろ夕食の時間だ。

椅子《いす》から立ち上がると、トントントンとドアをノックする音が響《ひび》く。

「お嬢様、お食事の用意ができました」

「今行くわ」

「はい。旦那様《だんなさま》と奥様《おくさま》がすでにお待ちしております」

私は自室を出て、二人が待っている食堂へと足を運ぶ。道中、いろいろと考える。注意すべきは学園の中だけじゃない。屋敷の中での行動も、よく考えて動かないといけない。

食堂にたどり着いた私は、にこやかな両親と目を合わせる。

「さぁスレイヤ座《すわ》ってくれ」

「食べながらでいいわ。学園のことを聞かせてちょうだい」

「はい」

私は二人に、食事をしながら学園での様子を簡単に伝える。

スレイヤは主要人物の一人だけど、敵役《かたきやく》だ。物語は基本的に、主人公の視点で語られていた。それ故に、主人公が近くにいない場面で、スレイヤや他のキャラクターが何をしていたのか。行動も、考えも、感情も描写《びょうしゃ》されていない。

特にスレイヤは、フレアに嫌《いや》がらせをするタイミングばかり登場して、私生活は描《えが》かれていなかった。

「友人はできそうかい？」

「はい。とても親切な方ばかりでした」

「そうかそうか！」

「それが聞けて安心したわ」

嬉《うれ》しそうにする二人。和《なご》やかな会話だけど、私は常に頭を回転させる。

フレアとは関係ない場面での行動が、物語に大きく影響することだって考えられる。

私はスレイヤに転生しただけの別人だ。本当の意味で彼女を演じることなんて不可能だから。

「そういえば、学園にはアルマ君も入学していたはずだね？」

「――！」

「彼とは上手《うま》くやれているかい？　最近あまり会っていないようだったけど」

「……」

予想はしていたけど、やっぱり確認された。

私は一瞬《いっしゅん》ためらう。二人も私の表情の変化に気付き、訝《いぶか》しむように見つめる。

「どうかしたのかい？」

さぁ、よく考えないと。彼との婚約破棄は、物語にも大きく関わる重要なポイントだ。

原作では両親との絡《から》みは描かれていない。スレイヤが怒《いか》り、悲しみ、感情的になって行動する描写だけがあった。

二人は物語の本筋に登場していない。私のことを溺愛する二人だ。言い方次第《しだい》で、今後関わろうとする可能性はあるだろう。

それは困る。物語の流れを大きく外れると、私がフレアたちの行動を予測できない。

どう答えるのが正解か……。

「……実は、彼との婚約は解消することになりました」

「――！　解消？　婚約を破棄したのか？」

「はい。私のほうからお願いしました」

「どうしてなの？　スレイヤ」

二人は疑うより心配そうな表情を見せる。考えた結果、正直に話すほうが一番いいと判断した。二人との……今の関係性ならば。

「アルマ様はいいお方です。私も嫌いではありませんでした」

もちろん、適度な嘘《うそ》は紛《まぎ》れさせる。

「ですがやはり、男女の好意があったというわけでもありません。それでも関係を続けたのは、お互いに決まった相手がいなかったからです。ですが、アルマ様は運命の相手を見つけたようでした。口には出しませんでしたが、表情でわかったんです」

「アルマ君が……他の女性に惚れこんだというのかい？」

「そこまでハッキリとは。ただ、よい機会だと思いました。アルマ様にそういう相手ができたのなら、私は応援《おうえん》したい。婚約は、愛し合う者同士がするものです。お父様とお母様を見て、そう思いました」

二人は私と同じ、家同士が決めた婚約者だった。

決められた相手だが、幼馴染《おさななじみ》でお互いのことを好きだった二人にとって、婚約などなくても結婚《けっこん》していただろう。

結婚し、私が生まれてからも仲睦《むつ》まじい様子を見ている。

二人の結婚には、真実の愛があるのだろう。本の知識ではない。スレイヤの記憶《きおく》と、今日までの経験からそう思っている。間違ってはいないはずだ。

二人とも、恥《は》ずかしそうに互いの顔を見て確認しているのだから。

「そうか。スレイヤが決めたことなら、私たちは何も言わん」

「ええ、一番はあなたの幸せよ」

「ありがとうございます」

二人はあっさりと納得してくれた。これこそ、私がこの一年で培《つちか》ったスレイヤとしての信頼《しんらい》だ。

二人とも私のことを心から信じてくれている。それ故に、私の発言や行動に、一々口を挟《はさ》んだりはしてこない。

これから先の展開に、余計な茶々を入れられないように。

「アルマ君に好きな人か。あ、ひょっとして、スレイヤも見つけたのかい？」

「え？」

「あら、そうなの？　ぜひ紹介《しょうかい》してほしいわ」

「そういうわけではありません」

二人の早とちりに首を振《ふ》る。否定はしたけど、二人とも勘違《かんちが》いしやすい性格だから心配だ。私にそういう相手はいない。少なくとも生き残るまで、色恋《いろこい》とは無縁《むえん》だ。

◇◇◇

翌日。私はいつものように起床《きしょう》し、学園へと向かった。

ルノワール学園にクラスはない。

一般《いっぱんか》科目《もく》、武術科目、魔法科目、特殊《とくしゅ》科目など、それぞれの科目があり、必須《ひっす》科目以外は自分に必要な科目を選択し、授業を受ける。

学年はあるけど、異なる学年の生徒が同じ授業を受けることもあるらしい。らしいというのは、本で見た知識だからだ。

私の前世は平凡《へいぼん》で、学園というものに通ったことも、授業を受けた経験もない。だから少しワクワクしていた。

本の中でしか見られなかった学園生活を、私はこれから体験できる。

一般科目は共通だから全員が参加するけど、他は自由だ。

「さ、どうしようかな」

今朝は上手く、フレアやアルマたちと会わないように学園にたどり着けた。

一先《ひとま》ず順調だ。次に選ぶ授業を間違えなければ。

「確か一般だったわね」

フレアが最初に受け、そこにアルマたち主要人物が偶然《ぐうぜん》にも集まる。彼らが改めて交流する最初のイベントみたいなものだ。本来なら私、スレイヤもそこに参加する。だけど当然、私はスレイヤと同じ行動はしない。

「一般以外ならなんでもいいかな」

彼らと同じ空間にいれば、否応《いやおう》なしにイベントに巻き込《こ》まれる。ただでさえ入学時の測定で目立ってしまったんだ。

最低でも彼らが親交を深め、友人程度になるまでは大人しくしておこうと思う。と、考えた結果選んだのは魔法科目の授業だった。

その基礎《きそ》を学ぶ授業に参加する。部屋に入るとすでに何人かの生徒が着席していた。

新年度、新学期が始まって最初の授業だ。先輩たちは基礎なんてとっくに受講済みだろうし、新入生の大半は一般科目を受ける。つまり、誰《だれ》とも関わらず安全に過ごせる場所だ。

見たところ、顔も名前も知らないような人たちばかり。ほとんど上級生で、去年のうちに受講し損ねた人たちだろう。先生が来るまで五分くらいある。のんびり待つとしよう。

そう思った時、大事件が起こる。

「――隣いいかな?」

誰かに声をかけられた。

席なんてたくさん空いているのに、わざわざ隣に座らなくてもいいのに。とか思ったけど、別に断る理由もない。

私はテキトーに顔も見ず返事をする。

「どうぞご自由に」

「ありがとう。じゃあ失礼するよ」

隣の席に男性が座った。横目には左腕《ひだりうで》から肩《かた》までがチラッと見える。

制服の模様が私とは違《ちが》う。たぶん上級生だろう。

「君が、スレイヤ・レイバーンだね」

「――え」

どうして私の名前を、上級生が知っているの？

新入生なら驚《おどろ》きはしない。

測定で目立ったせいで、私の名前を知る者は多くなったはずだ。でも上級生とは一度も絡みは……咄嗟に振り向き、彼の顔を見る。

瞬間《しゅんかん》、嫌な予感がした。この容姿、濃《こ》い紫色《むらさきいろ》の髪《かみ》に、左目の泣き黒子《ぼくろ》。

まさか――

「初めまして。私は二年のセイカ・ルノワールだ」

学園トップの孫にして、五人の勇者の一人。五人のうち唯一《ゆいいつ》の上級生で、みんなの頼《たよ》れるお兄さん的な存在。

最悪だ。よりによって、勇者の一人に出くわすなんて。そうだ失念していた。

フレアと授業で交流する中に、セイカ・ルノワールの名前はない。

彼がフレアたちと関わるのはもう少し先だ。つまり、それ以前まで彼はフレアたちとは別の場所で行動している。

五人の勇者の中で、もっとも行動が予測できない相手。警戒《けいかい》すべきだった。いや、というより予想外すぎる。彼は上級生で学園でも首席の成績のはずだ。

そんな優等生の彼が、どうしてこんな基礎的《きそてき》な授業にいるの？

「ふらっと復習に寄ったのだけど、まさかこんなに早く噂《うわさ》の新入生に会えるとは思わなかった。私は運がいいね」

そう言ってニコリと微笑《ほほえ》む。私のほうは運が悪かったみたいだ。

出会ったこともそうだけど、彼がすでに私のことを知っていることも……このまま授業を受けてはいけない。

そう判断して立ち上がる。が、少し遅《おそ》かった。

タイミングを合わせたように、授業を担当する先生が入室した。

「先生が来たよ？　座らなきゃね」

「……」

ここで退室するのも不自然だし、目立ちすぎる。セイカに私の存在を強く印象付けてしまう。私は大人しく着席した。

授業が始まる。淡々《たんたん》と、すでに熟知した内容で聞く必要もない。だから私は、小声で彼に尋《たず》ねる。

「……どうして、私を知っているんです？」

「言っただろう？　噂の新入生だって。身体測定で驚く結果を見せたそうじゃないか」

「新入生の測定結果を知っているのですか？」

「あれだけ大きな騒《さわ》ぎになったんだ。気になって聞く生徒は多いよ。もちろん、細かな内容は教えてもらえないけどね」

彼の意見はもっともだ。特に彼は学園トップの孫だから、学園内でもそれなりの権力を持つ。教員や生徒に話を聞く程度造作もない。

迂闊《うかつ》だった……いや、無理だ。こんな展開を誰が予想できただろう。とにかく今はこの場をやり過ごさなきゃ。

「ねぇ君、どうして学園に入学したの？」

「――え？」

不意な質問に思わず声が漏《も》れる。私は思わず、彼のほうを振り向いた。彼はニヤリと笑みを浮《う》かべている。生暖かく、私の心を探《さぐ》るように。

「……どういう意味ですか？」

「深い意味はないよ。この学園で、何を学びに来たのかなと思っただけさ」

「……もちろん、知識です」

「知識か。うん、そうだね。けど君は、もう十分に持っているんじゃないのかな？」

立て続けの質問が私に襲《おそ》い掛《か》かる。彼はじっと私を見つめ、私がどう答えるのかを見定めているようだった。

理由はわからない。けれど、疑われているのは察した。

「この授業だってそうだろう？　君はさっきから授業内容を聞いていない。それは聞く必要がないほど熟知しているからだ」

「……あなたが話しかけてきたからでしょう？」

「ははっ、先に質問したのは君のほうだよ」

「……」

そうだった。私のほうから探りを入れて、結果突き詰《つ》められている。

墓穴《ぼけつ》を掘《ほ》ったのは私だ。今さら後悔《こうかい》しても手遅《ておく》れ。なんとかして、この不思議な時間をやり過ごす。できるだけ彼の……私に対する興味を削《そ》いで。

「魔法《まほう》の基礎は大切ですので。ただ……改めて聞くほどでもなかったと今は思っています」

「そうか。じゃあ私と同じだね。私も復習するつもりで足を運んだ。そしたら君を見つけて、興味は完全に移ったよ」

「私はただの新入生です」

「そうかな？　私にはとても、只人《ただびと》には見えないけど……」

彼の瞳《ひとみ》が私を捉《とら》え続ける。

この人は危険だ。勇者五人の中でも、この人は何を考えているかわからない。そういうキャラクターとして登場し、時に主人公たちを疑心暗鬼《ぎしんあんき》に導くことすらあった。

途中《とちゅう》まで魔王《まおう》に与《くみ》する裏切り者のように振舞《ふるま》い、最終的には主人公たちの味方をして勇者となったキャラクターだ。

彼がなぜ裏切り者として振舞っていたのか。その真意は、原作の中でもなぜか明記されていない。

「あなたこそ、何者ですか？」

「私はさっき名乗ったよ」

「なら私も、答える必要はありませんよね？」

「……」

お互いに名前を知っている。だから何者かなど、聞くまでもない問いだろう。

セイカの表情がわずかに曇《くも》る。おそらく私も。私が秘密を抱《かか》えているように、セイカも何か隠《かく》している。本の中では語られなかった何かを。

「――本日の授業はここまでです。皆さんお疲《つか》れ様《さま》でした」

「おっと、いつの間にか授業が終わってしまったね」

「そのようですね」

助かった。これ以上彼《かれ》と話していたら、確実にぼろが出る。

すでに私への興味が膨《ふく》らんでいる状態で、新たに情報を与えるわけにはいかない。

興味を削ぐという目的こそ果たせなかったけど、今はこの場から立ち去るほうが先決だ。

私はそうそうに立ち上がり、教室を出ようとする。

「スレイヤ・レイバーン」

セイカが私を呼び止める。ピタリと立ち止まり、その場で振り向くと……。

「また、同じ授業を受けられることを期待するよ」

「……そうですね」

私は立ち去る。教室を出て、なるべく彼と距離《きょり》を取るように廊下《ろうか》を歩く。

本当に不思議な人だった。本の中でもそうだったけど、実物はもっとミステリアスだ。

何を考えているかさっぱりわからない。

最後のセリフも、何か聞くわけでもなく、単なる別れの挨拶《あいさつ》だった。ただ……去り際に見せた彼の笑顔《えがお》は……作り物みたいで気持ち悪かった。

「今後は彼の行動も警戒しないといけないわね」

私はぼそりと呟く。彼と同じ授業を受けないようにする。

授業開始ギリギリまで教室には入らず、彼がいないことを確認してから参加するようにしよう。面倒《めんどう》だけど仕方がない。また彼と隣の席になってしまえば、それだけで関係は進む。彼らと関係を持つことはそのまま、魔王と関わる未来へ通じてしまう。

私は魔王に勝てるように修行《しゅぎょう》した。

戦って勝つ自信はある。だけど……必ず勝てる戦いなんて存在しない。万が一にも負けたら……私の人生は終わる。

ならば関わらず、ひっそりと全てが終わるまで傍観《ぼうかん》するほうがずっといい。

「スレイヤ」

「――！」

だから、お願い。私には関わらないで。

「やっと見つけた」

「アルマ様……」

関わりたくない相手その二がやってきた。私の、昨日までの婚約者《こんやくしゃ》。破棄したばかりでしばらく関わってこないだろうと思っていたのに。私のことを探していたの？

「何の御用《ごよう》ですか？」

「昨日の件で、話がある」

婚約破棄を告げた話のこと？

私の態度が気に入らなくて文句を言いに来たのかしら？

だとしたら滑稽《こっけい》だわ。私は罵倒《ばとう》されることを覚悟《かくご》し、言い返す準備をしていた。だけど彼は真剣《しんけん》な表情で、縋《すが》るように言う。

「スレイヤ……婚約の破棄をなかったことにしてくれないか？」

「え……？」

思いもよらぬ発言に、私は固まる。婚約破棄をなかったことにしたい……？

今、彼はそう言ったの？

「……聞《き》き間違《まちが》いでしょうか？　私と婚約し直したいと言っているように聞こえましたが」

「そう言っているんだ。スレイヤ」

二度、驚く。しかしすぐ冷静になり、彼に問う。

「どうして？　あなたは彼女《かのじょ》に一目ぼれしたのでしょう？」

「確かに見惚《みと》れたことは認めよう。だが恋愛《れんあい》感情が芽生えたわけじゃない。君の言葉を受けて改めて考えた。やはり僕《ぼく》の婚約者は君だ」

「……」

「もう一度、僕と婚約してほしい」

彼はまっすぐ私の瞳を見つめながら手を伸《の》ばす。廊下の真ん中で他の生徒たちも見ている中で恥ずかしさもなく。数秒、静寂《せいじゃく》を挟む。驚きはしたけど、私の答えは決まっている。

「撤回《てつかい》するつもりはないわ。私はもう、あなたの婚約者じゃない」

「っ……」

「お別れなら、昨日済ませたはずよ」

「スレイヤ！」

呼び止める彼を無視して、背を向け歩き出す。追いかけてはこない。彼はきっと、私が振り返るのを待っている。だから振り返らない。

正直、今でも信じられない。彼のほうから関係をやり直したいと提案してくるなんて。

本の中では自分から婚約破棄を言い出した相手が。

私から破棄されて、プライドが傷つけられた？

いや、そんな風には見えなかった。彼の表情は真剣だった。本気で、私との関係を修復しようと考えている目だった。

私から婚約破棄したことで、彼の考え方や行動をゆがめてしまった？

「だとしたら……」

大きな失敗だ。少なくとも、彼は私を意識し続ける。

さっきの言葉で諦《あきら》めてくれたら嬉しい……ただ、難しい気がする。

予想だけど、彼は諦めていなさそうだ。私はため息をこぼす。お願いだから私のことは忘れて。目の前の主人公のことを見てあげればいいのに。

チャイムが鳴る。授業開始一分前を告げる鐘《かね》の音《ね》だ。

しまった。彼と時間を潰《つぶ》したせいで、どの授業を受けるか決めていない。

残り一分を切る。もう選んでいる暇《ひま》はない。適当に目に入った教室へ入る。ざっと見まわして、セイカの姿がないことは確認した。

このギリギリのタイミングなら、彼が後から来る心配もない。

「今度は運がよかったわね」

そう呟き、私は端《はし》っこの空いている席に座る。

「あの、スレイヤさん……ですよね？」

「――――！」

この声……振り向くまでもなく、誰なのかすぐわかった。

運がよかった……なんて、思わなければよかった。あの発言は撤回しよう。今日の私は、とびきり運が悪いらしい。

「こんにちは」

「……」

光の聖女フレア。この物語の主人公で、私が本来敵対する相手が……隣《となり》でにこやかに挨拶をしている。私は思わず……。

「はぁ……」

ため息をこぼした。自分の運のなさに呆れて。

「え、あ、あの、どうかしましたか？」

「気にしないで。授業が始まるわよ」

「は、はい」

ギリギリの入室だったことは不幸中の幸いだ。

すぐに先生が入ってきて授業が始まる。セイカと違い、彼女はこの授業を初めて受けるはずだ。性格的にも真面目な彼女なら、授業に集中して話しかけてくることなんてない。終わったらすぐ退出しましょう。そう心に誓《ちか》い、私も先生の話に耳を傾《かたむ》ける。

「つまり新たな魔法の開発には、従来の魔法式の解読が不可欠です。例えばこの魔法式は――」

数分聞いて理解した。この授業は魔法科目の中でも応用的な部分を説明している。魔法についてそれなりに理解した上で聞かないとわからない内容だ。

周りをよく見ると、ほとんどが上級生。新入生で受けているのは、私と隣にいるフレアくらいだった。

フレアはこの授業をわざわざ選択《せんたく》したの？

確か本の中だと、彼女は自分の力すら理解していないほど無学だった。そんな彼女がこの授業を聞いて理解できるの？

まさか私と同じで、彼女も転生者だったり――

「う、うーん？」

「……」

あ、この顔はわかっていないわね。

少しホッとしたわ。思い出したけど、彼女は抜《ぬ》けている部分があるキャラクターだ。道に迷ったり、勘違いから失敗することも多かった。たぶん、この授業も間違えて入ったのね。そのおかげで、他の勇者たちも参加していない。ある意味ではよかったわ。

「さて、この魔法式を解読してもらおう。そこの君」

「え、わ、私ですか？」

「そうだ。君、この魔法式について説明しなさい」

黒板には白い字で魔《ま》法陣《ほうじん》が描かれている。この授業では魔法式の解読、その応用について説明していた。

おそらくわかった上でみんな聞いている。ただ、彼女は例外だ。間違えて入ってきた彼女にわかるはずもない。

「えっと……」

「どうした？　わからないのか？　簡単な内容だが……」

教員はニヤリと笑《え》みを浮かべる。あの表情、彼女が新入生だからあえて指名したのね。意地悪な先生だわ。彼女は注目されている。わからない上にテンパって、涙目《なみだめ》になっていた。

「……」

仕方ないわね。ちょっと、彼女の腕《うで》をつつく。

「え？」

「……下」

そっと彼女の前に、私が書いた文字を見せる。私の顔を見て確認するフレアに、私は小さく頷《うなず》く。

「そ、その魔法式は炎《ほのお》系統のバーンフィスト。炎の放出、圧縮、形態変化が含《ふく》まれる高等魔法です」

「――！　正解だ。新入生の冷やかしかと思ったが違ったようだね、謝罪しよう」

「い、いえ……」

「座り給《たま》え。授業を続けよう」

周囲からおおーという声があがる。

教員は淡々と授業を再開した。生徒たちの視線もフレアから黒板へと戻《もど》る。

「あ、ありがとうございました」

フレアは嬉しそうな顔で感謝の言葉を口にした。私は視線を逸《そ》らす。

「気にしなくていいわ」

これはただの気まぐれ。一度限りで、もうこれ以上関わることはないのだから。

私はまた失敗した。大きすぎる失敗だ。

「スレイヤさん！　さっきは本当にありがとうございました！」

「……」

授業中、困っている彼女を可哀想《かわいそう》だなと思ったのが間違いだ。なんとなく手を貸してしまったことで、彼女に感謝されてしまった。それだけで終わればよかったのだけど……。

「いつかお礼をさせてください！」

「……気にしなくていいと言ったわよ」

「私が気にするんです！」

「……」

フレアに恩を売りつけることに成功してしまったらしい。

授業が終わり、早々に立ち去ろうとした私の後ろを、なぜか彼女はついてきた。早歩きする私よりも速く歩いて、私の前に立ちはだかるように移動し、大きく頭を下げお礼を言う。そんな光景を周りの生徒たちも見ていた。

一日に二度も廊下で注目を浴びるなんて……とんだ失態だ。

「スレイヤさん、次はどの授業を受けるんですか？」

「決めていないわ」

「そうなんですか？　私もどれを受ければいいのかわからなくて……」

「一般科目を受ければいいのよ。入学したばかりなんだから」

「そうですね！　一般！　えっと、どの教室に行けばいいのかわかりますか？　私、方向音痴《おんち》で……」

彼女は、あはははと情けなく笑う。

まったく笑い事じゃない。私は大きくため息をこぼす。

「こっちよ」

「あ、ありがとうございます！」

私は彼女を案内する。ここで変に拒絶《きょぜつ》しても、悪い印象を与えるだけだ。

彼女との敵対はそのまま、勇者たちとの敵対を意味する。それは一番避《さ》けたい未来だ。

彼女たちと敵対すれば、私は魔王に接触《せっしょく》される。その展開だけは避けないといけない。

「スレイヤさんすごいですね！　測定の時もすごかったけど、勉強も完璧《かんぺき》なんて」

「そんなことないわ」

「ありますよ！　私なんてさっぱりわかりませんでした……」

「それが普通《ふつう》よ。今は気にしなくても……」

って、それじゃ自分が普通じゃないと言っているみたいね。

彼女と話していると、なぜか気が抜けてしまう。

これも彼女がもつ聖女の力……なのかしら？

隣を歩いているだけで、心が穏《おだ》やかになっていくような……彼女と接触したのは失敗だ。しかも彼女に好意的に接してしまい、懐《なつ》かれそうになっている。なんとか引き離して他人に戻らないと。そうしないといずれ……。

「フレアじゃないか」

「こんにちは」

「あ！　ライオネス君！　メイゲン君も！」

こういう展開になるから。予想通りすぎてため息すら出ない。

主人公の周りに勇者は集まる。わかっていたから近づきたくなかったのに……。

「ん？　お前は確か……スレイヤ・レイバーン」

「ああ、測定ですごい結果を出していた。二人は知り合いだったの？」

「いえ、さっき同じ授業で知り合ったばかりです」

「そうか。見かけないと思ったが、他の授業に出ていたか」

「はい。間違って難しい授業に出てしまって……」

「あははは っ、ボクもさっき間違えかけたよ。ライオネスがいなかったら迷ってたかな」

三人で仲良く話し始める。さすが主人公。持ち前の明るさと人懐《ひとなつ》っこさで、さっそく勇者二人と仲良くなったみたいだ。たった一日しか経《た》っていないのにすごいわね。

ちょうどいいタイミングだ。三人が話している隙《すき》にこの場を離脱《りだつ》して……。

「スレイヤさんすごいんですよ！　難しい問題をさらっと解いて私を助けてくれたんです！」

「ほう、そうだったのか」

「へぇ～。実技だけじゃなくて勉強もできるんだぁ」

余計なことを言ってくれたわね。

おかげで二人の視線と関心が私に向けられた。逃《に》げるのは失敗ね。

「オレはライオネスだ。フレアを助けてくれたそうだな。礼を言おう」

会って一日で彼氏《かれし》気取りな発言はさすがね。

「ボクはメイゲン。よろしくね？」

よく知っているわ。ライオネスの大親友で、唯一の理解者でしょう？

二人のプロフィールは暗記している。何度も読み返したおかげで、一目見ただけで彼らだとわかったくらいだ。

「スレイヤ・レイバーン。お前のことは少々気になっていたんだ。あの魔法……凄《すさ》まじかったな」

「別に、普通に魔法を使っただけです」

「あれで普通？　本気を出したらもっとすごいってことかな？」

「興味深いな。ただの貴族の令嬢《れいじょう》が……なぜあれほどの力を持っているのか」

「――それは俺《おれ》も気になる」

厄介《やっかい》なのがもう一人追加された。勇者の一人、天才魔法使《まほうつか》いのビリーが近寄ってくる。

あからさまにライオネスが不機嫌《ふきげん》になる。

「おい、オレが話している途中だ。割《わ》り込んでくるな」

「関係ないな。俺より弱い奴《やつ》の意見を聞く必要はないと思うけど」

「貴様……」

「ちょっと二人とも！　会う度に喧嘩《けんか》しないでよぉ～」

二人は犬猿《けんえん》の仲だ。序盤《じょばん》は特に、顔を合わせる度に喧嘩をする。

その仲裁役《ちゅうさいやく》は、いつもメイゲンだった。本の中でしか知らない光景を見られるなんて……感慨深《かんがいぶか》い。なんてことを考えている場合じゃない。

「俺が興味あるのはあんたじゃない。彼女だ」

「それはオレとて同じだ」

「まぁまぁ、聞きたいことは一緒《いっしょ》なんだし、聞けばいいと思うよ？」

「私も知りたいです！　スレイヤさん、どうしてそんなに強くて頭もいいんですか？　何か秘訣《ひけつ》とかあるんですか？」

主人公と勇者三人の熱い視線が注がれる。おそらく原作でも、スレイヤが彼らにここまで注目されることはなかった。

彼女が一番願っていたことが、私の失敗から実現している。

本物のスレイヤなら調子に乗るところだけど、私にとっては嬉《うれ》しくない展開だ。

「特にありませんよ」

誤魔化《ごまか》すしかない。あと少しだ。時間的にそろそろ——

「勿体《もったい》ぶるな。オレたちは——」

カーン、カーン——

ライオネスの声を遮《さえぎ》るように、授業開始一分前のベルが鳴る。

「もう授業が始まる時間だ！　ライオネス、みんなも急がないと」

「チッ、ベルめ。オレの声を遮るとは」

「ベルにキレるなよ」

「なんだと？」

「喧嘩は後にして行きましょう！　スレイヤさんも！」

教室に入ろうとする面々に、私は背を向ける。

「スレイヤさん？」

「私は別の授業を受けるわ。ここへは案内しに来ただけよ」

「そう……ですか」

露骨《ろこつ》にガッカリした顔をするフレア。少々心苦しいけど仕方ない。

これ以上彼らと一緒にいるほうがリスクだ。

「スレイヤさん！」

「なにかしら？」

「……また、お話ししましょう」

彼女は満面の笑みでそう言った。この笑顔に、勇者たちは惹《ひ》かれたのだろう。

その気持ちは……わからなくもない。

「そうね」

女の私ですら、引き込まれそうになったのだから。

第二章

授業開始のベルが鳴る。他の授業を受けるから、というのは適当についた嘘《うそ》だった。あのまま一緒の授業に参加すれば、フレアや勇者たちとの関係を深めてしまう。だから逃げてきた。

「はぁ……」

まさか、初日から授業をサボることになるなんて思っていなかった。

大した内容じゃないけど、授業に参加しなければ進級するための加点がもらえない。なるべくサボらず出るつもりだったのに。

「上手《うま》くいかないわね」

私は一人、学園の中庭を訪《おとず》れた。学園ほどの規模になると、中庭も貴族の屋敷《やしき》の敷地《しきち》くらい広い。

ちょっとした林、いや森だ。誰もいない木陰《こかげ》でしゃがみこみ、徐《おもむろ》に空を見上げる。

雲一つない青空は平和そのもので……だけど、何も起こらない退屈《たいくつ》な日常を暗喩《あんゆ》しているみたいで、あまり好きになれない。

そうは言っても、何も起こらないほうが好都合ではある。せめて世界から魔王という脅《きよう》威《い》が排除《はいじよ》されるまで……。この物語の、エンディングを迎《むか》えるまでは。

どっと疲れが押《お》し寄せる。学園では気が抜けず、常に意識を外に向けている必要がある。

今は授業中、周りには誰もいない。

「少し……」

眠《ねむ》ろうかしら。そう思った直後、寒気を感じて目が冴《さ》える。ドサッという音と共に、何かが私の前に落下してきた。一言で表すならば……黒だ。

「イテテ……折れるなよ枝ぁ〜」

「――――！」

葉っぱのついた黒い髪をわしゃわしゃと触《さわ》る。上級生の模様が入った制服を着て、私の前で尻《しり》もちをつく男がいる。

どこにでもいそうな特徴《とくちよう》と呼べるものがない生徒。事情を何も知らなければ、無害な一《いっ》般《ぱん》人《じん》に見えるだろう。だけど、私はよく知っている。誰よりも思い知っている。

「ベルフィスト・クローネ」

「ん？　なんで俺の名前……というか誰だ？」

ようやく彼は私の存在に気づいたらしい。キョトンとした顔で私を見る。漆黒《しっこく》の瞳には、私の姿が反射して映っていた。

驚きと警戒。二つの感情が、瞳に映った私の表情に表れている。

「えーっと……どこかで会ったっけ？」

「……」

「おーい、聞いてるか？」

「……どうして、ここにいるの？」

私は尋ねる。ゆっくりと立ち上がり、しりもちをつく彼を見下ろして。

「それはそっちにも言えることじゃない？　今は授業中だよ？」

「質問しているのは私よ」

「……怖《こわ》い顔だな」

彼はよいしょっと口に出し、ゆっくり立ち上がる。

手足についた土や葉っぱを叩《たた》き落として。向かい合うと身長の差がよく出る。

私の顔は、彼の胸あたりに目線がある。細身だけど高身長で、どこか不思議なオーラを纏《まと》っている。私は警戒する。いつでも魔法を発動できるように、感覚を研《と》ぎ澄《す》ます。

私が敵意を向けていることに彼も気づいたようだ。

そっと目を細めて数秒経つ。すると、彼は小さくため息をこぼして口を開く。

「はぁ、ただのサボりだよ。適当に中庭をウロウロしてたら君のところに落ちただけ。それ以上の理由もない」

「……」

やれやれと彼は首を振《ふ》る。直感的だけど、嘘をついているようには見えなかった。

本当にただサボっているだけなのだろう。私と同じように。

「さ、俺は答えたんだ。今度はそっちの理由を教えてよ。見た感じ新入生だよね？　ひょっとして迷子にでもなった？」

「……違うわ。私も同じよ」

「へぇ、授業初日からサボるなんてすごいな！　これは将来有望になるぞ」

「……」

私はじっと彼を見つめる。今のところ可笑《おか》しな行動は見られない。

警戒は解けないけど、警戒の度合いは下げてもよさそうかな？

頷いていた彼はハッと気づく。

「で、なんで新入生が俺の名前を知ってるわけ？　俺ってそんなに有名だったか？」

「……」

「ひょっとして……」

やはり警戒の度合いはそのままで。

もしも彼が原作通りなら、この場で戦いになることも……。

「俺の隠れファンか？」

「……」

いや、やっぱり警戒しなくても大丈夫《だいじょうぶ》かも？

私は呆《あき》れて力が抜ける。

「そんなわけないでしょ」

「だよな～。人気があるのは俺じゃなくて、セイカ辺りだろうし。あいつ女子にモテるんだよな～。ムカつくことに」

やれやれと首を振りながら残念そうにため息を漏らす。どうも彼と話していると気が抜ける。フレアと接していた時に感じた穏やかな雰囲気《ふんいき》とは違《ちが》う。

無意識に、警戒が緩《ゆる》みかける。

「あなたのことは、セイカ・ルノワールから聞いたわ」

「ああ、やっぱり。君はセイカと知り合いなのか。それともあいつのファンか？」

「ファンじゃないわ。ついさっき授業で会ったのよ」

「なるほど。ってことはあいつ、下級生が受けるような授業に入ってるのか。相変わらずよくわからん奴だな」

ベルフィスト・クローネ。主人公の一学年上の先輩《せんぱい》で、セイカ・ルノワールの友人。セイカの周りによく出没《しゅつぼつ》して、友人としてのアドバイスを与《あた》えたり、主人公とも日常的な会話で盛り上がったりする。

物語の大筋には深く関わらないけど、要所で登場して主人公や勇者を後押《あとお》しする。主人公とも友人となり、勇者たちとも友好な関係を築く。物語の中でも唯一《ゆいいつ》、スレイヤと友好的な描写《びょうしゃ》が多くみられた。

言ってしまえば脇役《わきやく》。物語に一味加えるアクセント……と、読者を誤認《ごにん》させたキャラクター。彼はただの脇役なんかじゃなかった。むしろ主役格。物語の終着点に大きく関わる存在。

世界のラスボス。魔王サタンの……依代《よりしろ》。私が知る本の物語の中で、彼は平凡《へいぼん》な一般《いっぱん》生徒として描《えが》かれていた。事実、成績も実力も抜きんでているものは一つもない。

脇役故に明確な戦闘《せんとう》描写こそなかったが、勇者たちには遠く及《およ》ばないのは明らかだった。しかし妙《みょう》に聡《さと》く、戦況《せんきょう》の報告が的確だったり、戦術に関するアイデアが光る場面はあった。

そういう部分で主人公たちを助ける役割を持っている。

読者だった私は、かってにお助けキャラクターみたいに思っていた。だけど、物語の序章が終わり、それぞれの勇者の個別エピソードに入る直前だ。

私たち読者は衝撃《しょうげき》の事実を知ることになる。

主人公の周りで起こった不可解な出来事、襲撃《しゅうげき》には黒幕がいた。名前は伏《ふ》せられていたけど、その黒幕の描写がベルフィストと重なった。

実は魔王と裏で繋《つな》がっているのか。その予想は半分正解で、半分は間違っていた。

彼こそが魔王サタンの魂《たましい》を宿す依代だった。そんな人物と、偶然《ぐうぜん》にも鉢合《はちあ》わせてしまったんだ。警戒《けいかい》しないほうがおかしい。主人公や勇者たち以上に、この男とは会いたくなかった。つくづく運が悪い。彼は大きく背伸《せの》びをする。

「う、うーんと！　君、名前は？」

「……教える必要はないわ」

「え、そっちは俺の名前を知ってるのに？　名前くらい教えてくれてもいいじゃないか」

「……」

私は答えない。じっと彼のことを睨《にら》む。

「答える気なし、か。というか、一応上級生相手にその態度は失礼だぞ？　俺は別に気にしないし、セイカも気にしないだろうけど」

「……」

「他の上級生相手には気をつけろよ。この学園にはプライドが高い奴が多いからな。変に刺激《しげき》するとろくでもないことになる」

先輩らしい優《やさ》しいアドバイスだ。気のいい性格で、周囲からも慕《した》われている。

平民から貴族まで、様々な身分、立場の人が在籍《ざいせき》する学園。その中でもダントツで友人が多いのは彼の特徴だった。

場を和《なご》ませる独自の雰囲気があるのだろう。現に私も、彼と話していると気を許しかけてしまう。

絶対にダメだ。相手はただの人間じゃない。私が最も警戒しなければならない相手……スレイヤを殺した存在なのだから。

「なぁ、さっきから何をそんなに警戒してるんだ？」

「……急に男が上から降ってきたのよ。警戒して普通じゃないかしら？」

「それは確かに……ビックリさせて悪かった。適当な木の上で昼寝《ひるね》でもしようかと思ったんだが、思ったより枝が貧弱《ひんじゃく》だった」

「そう、気をつけてほしいわね」

会話をしながら頭は別のことを考える。この状況《じょうきょう》をどう切り抜けるか。

出会ってしまった以上、私の存在は彼《かれ》に知られた。いや、知られることが問題じゃない。物語の表舞台《おもてぶたい》……私が知る原作の中で出会うのではなく、裏側で偶然にも接触してしまったことが問題だ。

この後の展開を予想できない。今の彼がどういうスタンスで学園に通っているのか。

そもそも魔王《まおう》と彼の魂は混在して、どちらが主になっているのかわからない。

原作で描かれていたのは、彼と魔王が交じり合っている様子だったけど、それはあくまで終盤《しゅうばん》の話。途中《とちゅう》の経過はわからない。読者をワクワクさせるため、不自然に描写が削《けず》られていた。今の彼は魔王なのか……それともまだベルフィストという人間なのか。

どちらにしても、私の敵であることに変わりはない。敵……そうか。

「ふふっ」

「な、なんだ？　急に笑い出して」

「そうよね……どうせ会ってしまったのなら、もう手遅《ておく》れだわ」

「何を言って……」

「――閉ざせ」

隔離《かくり》結界。使用者を中心とした一定領域内を透明《とうめい》な壁《かべ》で覆《おお》い隠し、現実世界と隔離する。

空は灰色になり、木々の色も暗くなる。

「結界？　おい、どういうつもりだ？」

「それはこっちのセリフよ。あなたこそ何のつもりで、私の前に現れたのかしら？」

「は？　だから説明しただろ？　俺はただサボってただけで」

「本当にそう？　何か別に考えがあったのではないの？　魔王サタン」

その名を口にした途端《とたん》、彼は大きく目を見開き驚《おどろ》いた。しかしすぐに表情を戻し、冷静に返す。

「何を言ってるんだ？　俺はベルフィストだ。人間を魔王呼ばわりはさすがに笑えないぞ」

「そう言いながら笑っているわよ。隠《かく》す必要はないわ。私は知っている。あなたに……魔王サタンの魂が交じり合っているのを」

私は断言する。もし仮に、間違いだったのならそれでいい。だけど確信があった。

主人公のフレアを筆頭に、五人の勇者たちが存在する。

そして私、スレイヤがいて……これだけキャラクターが揃《そろ》っていて、魔王だけ存在しないなんてありえない。

「そういう冗談《じょうだん》を初対面の相手によく言えるな」

「冗談を言っているように見える？」

「……」

「……」

私たちは見つめ合う。

疑念と警戒を織り交ぜて、絶妙《ぜつみよう》な距離《きより》を保って。

私の表情の真剣さが彼に伝わった頃《ころ》、彼は大きくため息をこぼし、腰《こし》に手を当て俯《うつむ》く。

「はぁ……ったく」

雰囲気が、変わる。ゆっくりと上げた顔は、その瞳《ひとみ》は――

「どうして、それを知っている？」

魔王のそれに、変化していた。

黒い瞳が血のような赤色に変化する。元から黒かった髪《かみ》にも赤みがかかり、どこか鋭《するど》さを感じられる。何より、全身からあふれ出る魔力《まりよく》が異質だ。

人間が持つ魔力にも色はある。同じ人間、兄弟や親子であっても、完全に同質の魔力を持つ者は存在しない。

魔力の性質は、その人が持つ魂の特性を色濃《いろこ》く反映している。

黒。真っ黒な闇《やみ》。彼が放つ魔力はまさにそれだった。

これが魔王だ。本の中で、文字でしか表現されていなかったものが現実にある。

禍々《まがまが》しく不気味な雰囲気を肌《はだ》で感じ、私の頬《ほお》からは冷《ひ》や汗《あせ》が流れ落ちる。覚悟《かくご》はしていた。いずれ対峙《たいじ》するかもしれない相手のことだ。

恐《おそ》ろしい存在だということはよく知っている。わかった上で、この威圧《いあつ》感……。

「面白《おもしろ》い奴だな。俺の本性《ほんしょう》を見て笑うか」

「……」

私は笑っていたらしい。無自覚に、私の顔は笑みを浮《う》かべていた。

これは歓喜《かんき》？

それとも……恐怖《きょうふ》に対するせめてもの抵抗《ていこう》？

私は拳《こぶし》をぐっと握《にぎ》る。

「さて、これからどうするつもりだ？」

「……決まってるわよ」

覚悟は決めていたはずだ。奮い立たせよう。今一度、自分の胸に手を当てて確かめる。

心臓は速く、強く鼓動《こどう》を打っている。

恐怖はしている。動揺《どうよう》も……でも、絶望はしていない。ならきっと大丈夫。思い出すんだ。私は何のために、今日まで修行《しゅぎょう》してきたのか。

すべては――

「ここであなたを滅《ほろ》ぼす」

「――ふっ、いいだろう。俺の正体に気づいた褒美《ほうび》だ。相手をしてやろう」

ベルフィスト……いいや、魔王サタンの魔力が膨《ふく》れ上がる。隔離結界の中が彼の魔力で満たされ、支配権が奪《うば》われる。

一瞬《いっしゅん》のことだった。私が展開させた結界の外壁《がいへき》が、黒く塗《ぬ》りつぶされる。

「くっ……」

「心配するな。結界はこのままにしておく。俺も……こっちのほうが都合がいい。お前がどういうつもりで、俺と二人きりになったのかは知らないけどな」

隔離結界は外との交信の一切《いっさい》を絶つ。結界の中には誰《だれ》も入れないし、存在すら気づけない。今ここは、現実とは異なる空間になっている。この中でどれだけ暴れても、どれだけ物を破壊《はかい》しても、現実にはなんの影響《えいきょう》も与えない。ただし、結界の中にいる生物は違う。私がこの中で死ねば……当然、現実でも死んでしまう。

「外からの援軍《えんぐん》を絶ちたかったか？　俺が魔王だと知りながら一人で挑《いど》む気か。随分《ずいぶん》と愚《おろ》かだな」

「愚かかどうかは……味わってから決めなさい！」

身体は恐怖で強張《こわば》っている。だからこそ、先手は私がもらった。

私は背後に五つの魔《ま》法陣《ほうじん》を展開させる。

炎、水、風、雷《かみなり》、土。魔法における基本属性、五大元素の魔法。すべて最上位の魔法式を展開し、それらを一つに融合《ゆうごう》させる。

「魔法式の融合だと?」

「くらいなさい」

これこそ、五大元素の魔法を融合して完成する究極の一撃《いちげき》。

複合大魔法――

「ノヴァスフィア!」

純白の光線が魔法陣から発射される。あらゆる元素をかき消し、粉砕《ふんさい》する超圧縮《ちょうあっしゅく》された力の塊《かたまり》だ。手加減なんてできない。

相手は世界最強の魔王……手を抜く余裕《よゆう》はない。最初から全力で、震《ふる》える身体を鼓舞《こぶ》する。放たれた大魔法の一撃はサタンに直撃《ちょくげき》する。

彼は避けなかった。ポケットに手を突《つ》っ込《こ》み、不敵に笑ったまま動かなかった。

余裕のつもりか。魔王サタンと言えど、あの大魔法の直撃を受ければ相当なダメージは負うはずだ。慢心《まんしん》、私のことを侮《あなど》ってくれていたなら好都合。

これで少しでも優位に立てれば……。

「――なるほどな。中々にいい一撃だったぞ」

「……冗談きついわね」

立ち上った土煙《つちけむり》と爆風《ばくふう》が収まり、彼は姿を見せる。

すぐにわかった。無傷……立っていた場所から一歩も動かず、何のダメージもない彼が立っている。

私は驚愕《きょうがく》と同時に落胆《らくたん》する。なんとなく予感はしていたけど、今の一撃を受けてなんともないなんて……。

「さすが、化け物ね」

「それはお互《たが》い様《さま》だ。今の一撃……到底《とうてい》ただの人間に成せる技じゃない。相当のセンス、修練の果てにたどり着くものだ」

「褒《ほ》めてくれてありがとう。だったらもう少し堪《こら》えてほしかったわね」

「堪えたぞ。この俺が、防御《ぼうぎょ》をしたんだからな」

目を凝《こ》らす。よく見ると、彼の周囲に黒い霧《きり》のようなものが舞っている。

私の攻撃《こうげき》による残留物じゃない。あれは……。

「魔力」

「いい眼を持っている。正解だ」

彼が軽く右手を上げると、腕の周りに黒い霧が渦巻《うずま》く。

彼の身体からあふれ出る魔力が実体化している？

魔力は本来、肉眼では見ることも触《ふ》れることもできない力だ。魔法使いは独自の感覚をもってして、相手の魔力の量や質、流れを感知できる。

それでも、ハッキリ見えるわけじゃない。ただ感じるだけだ。それが……私の眼にはハッキリ見えている。

彼の周囲で渦を巻き、漂《ただよ》う漆黒の魔力が。

「出鱈目《でたらめ》ね。魔力の濃度《のうど》が濃《こ》すぎて、肉眼でも見えるなんて」

「その割に驚かないな」

驚きはしない。そういう描写は原作でもあった。

魔王サタンは魔力そのものを具現化し、武器として操《あやつ》ることができる。

魔法に変換《へんかん》することなく行使できるのは、世界でも魔王サタンのみ。わかってはいたけど……まさか魔力の障壁《しょうへき》だけで簡単に防がれてしまうなんて。想像以上に強い。

「本当に面白いな。渾身《こんしん》の一撃を防がれてなお、戦意を失っていない。その眼はまだ、俺に勝てるつもりでいる眼だ」

「……そう思っていないなら、初めから魔王に喧嘩をうったりしないわ」

「ははっ、そうだな。なら、見せてみろ」

魔王サタンから冷たく鋭い殺気が放たれる。震えて後ずさろうとする身体を、私は気合で押しとどめる。

「お前の力の全てを」

魔王が一歩前へ出る。今度はこちらの番だと言いたげに。

魔王の攻撃手段は大きく三つ。体術、剣術《けんじゅつ》、魔法。どれ一つとっても、人間の力を遥《はる》かに凌駕《りょうが》している。一歩、また一歩と近づいている。無造作に、隙だらけなようで堅《かた》く。私は警戒し、彼の行動を予測する。

どう来る？

魔法を使ってくるか。それともこのまま――

「行くぞ」

「――！」

眼前から魔王が消える。私の感覚は、すぐに彼の魔力《まりょく》を感知する。

右――

振り向いた先に彼はいた。拳を握り、大きく振りかぶっている。彼の拳には漆黒の魔力が纏われていた。

「アイスウォール！」

私は咄嗟《とっさ》に氷の壁を生成する。分厚い氷の壁も、彼の拳には簡単に砕《くだ》かれてしまう。だけどそれでいい。

直撃を避け、大きく砕かれ吹《ふ》き飛ぶ氷の破片《はへん》と一緒に飛び避ける。

「いい反応だ」

拳を躱《かわ》されたのに満足げな魔王を見る。距離をとって油断した今がチャンスだ。

私は魔王に向かって右手をかざす。すでに布石は打ってある。魔法陣《まほうじん》が展開されたのは、魔王サタンが立っている足元。

「これは……」

「アイススピア」

砕かれた氷の塊が鋭い槍《やり》のように形状を変化させ、サタンを四方八方から襲《おそ》う。

防御が間に合わない距離、完全に不意をついた。今度は魔力障壁《しょうへき》では防御できない。

「惜《お》しいな。今度は威力《いりょく》がお粗末《そまつ》だ」

「っ……」

攻撃は当たったけど、彼はケロッとしていた。

魔力による防御をするまでもない。いや違う。彼の身体は常に、黒い魔力の膜《まく》で覆われているんだ。

ほとんどの攻撃はその膜に弾かれる。つまり、ノヴァスフィアと同等かそれ以上の威力の魔法を使わないと、彼の身体には届かない。

「やってやるわよ」

私は背後に五つの魔法陣を展開させる。

「また複合魔法か。それでは同じ結果だ。魔力の無駄遣《むだづか》いだぞ」

「心配は無用よ」

私は人間だ。悪魔《あくま》のように無際限に魔力が湧《わ》き出るわけでも、浴槽《よくそう》のように多く溜《た》め込めるわけでもない。

才能はあっても限度はある。

肉体の強度も、魔力も量も魔王には敵《かな》わない。だからこそ磨《みが》いたのは、魔力操作の精度と魔法行使のセンス。少ない魔力で効率的に魔法を行使し、魔法発動時のロスを限りなくゼロにする。その究極がこの形。

「ノヴァスフィア」

魔法を放たず、手元で圧縮する。ノヴァスフィアの力をぎゅっと凝縮《ぎょうしゅく》し、一振《ひとふ》りの剣《けん》の形に変化させた。

光の剣が生成された衝撃で、複数の光の球体が散らばる。

「複合魔法の力を剣に変化させたか」

「そうよ。この剣なら――」

私は足の裏に魔法陣を展開。小さな爆発《ばくはつ》と共に大きく前進し、サタンに斬《き》りかかる。

サタンは咄嗟に魔力の障壁を作り防御する。が、それを光の剣は砕く。

「圧縮されたことで威力も増しているか」

その通り。この一振りは、最初に放った砲撃《ほうげき》の威力を高密度に圧縮したもの。

強度も威力もけた違い。砲撃では突破《とっぱ》できなかった魔力の壁も、この剣ならば通せる。

彼の身体を斬れる。それを瞬時《しゅんじ》に理解したサタンは後退する。

「逃がさないわよ！」

私は光の球体を操り放つ。剣の形に圧縮するとき、一部は圧縮しきれず余る。

その余りを手の平サイズほどの球体に凝縮し、私の周りを浮かぶ攻撃の玉として操る。

小さいけど威力は剣と同等。サタンの魔力障壁を破り、一発だけサタンの頬をかすめる。

ツーと、頬を流れる血をサタンが拭《ぬぐ》う。

「俺に血を流させるか」

傷は一瞬で癒《い》えていた。彼の肉体には再生能力も備わっている。軽症《けいしょう》はダメージに入らない。けど……。

「届いたわね」

「……」

私の攻撃はサタンに通じる。それさえハッキリすれば戦える。

勝機はある。今日までの……私の努力は無駄《むだ》じゃなかった。

「面白いな、そのスタイル」

「――！　まさか」

彼が操る漆黒の魔力が、彼の手元で形を変える。二振りの剣と、無数の球体に。

「俺も真似《まね》しよう」

「……本当に」

ふざけた怪物《かいぶつ》だわ。

「行くぞ。ついてこられるか？」

「――なめないで」

純白の剣と漆黒の剣。白い球体と黒い球体。形は同じ、しかし異なる力がぶつかり合う。

私の剣技に合わせる様に、サタンの剣が私の攻撃を受け流す。

球体による攻撃も、同様の力で相殺《そうさい》される。互角《ごかく》……いや、こちらが不利だ。剣は相手が一本多く、球体の数でも負けている。

加えて……。

「っ……」

「どうした？　バテてきたか？」

身体能力には埋《う》められない大きな差がある。息を切らす私に対して、サタンは呼吸一つ乱していない。

激しい攻防《こうぼう》の中でも冷静で、よく私の動きを見ている。改めて思うけど、勇者やフレアたちはよくこんな怪物を倒《たお》せたわね。

想像以上に強すぎて、私は自然と……。

「ふっ、まだ笑うか」

笑っていた。呆れた気持ちと、この状況でも生きている自分の力に喜びを感じる。

私は強くなった。魔王サタンと斬り合えるほどに。

主人公たちが総力を挙げてやっと互角だった相手と、私はたった一人で戦えている。

そのことが、心の底から嬉しかった。だけど……。

「はぁ、はぁ……」

嬉しいと思うだけじゃ勝てない。じりじりと体力が削られ、光の玉はすべて使い切った。

手元の剣も、気を抜《ぬ》けばすぐ弾けて消えてしまう。

このままじゃ勝てない。こうなったら……奥《おく》の手《て》を使うしかない。一つだけ確実に、今の状態でも魔王サタンを倒せる手段を私は持っている。

ただし未完成の魔法だ。発動はできても制御《せいぎょ》が不完全で、私自身までダメージを負ってしまう危険性がある。

それでも威力は絶大で、確実に魔王を倒せると、ここまでの戦いで確信している。生き残れるかどうかは運任せだ。

やるしかない。今ここで魔王を倒して、この物語を終わらせる。定められた運命から解放されて、私は自由に、幸せに生きるんだ。

「スゥー……ふぅ……」

私は拳を握り、残りの魔力を奥の手の魔法に注《そそ》ぎ込む準備をする。決死の覚悟《かくご》を抱《いだ》く私に、なぜか魔王サタンは笑《え》みを浮かべた。

「うん、いいなお前」

「——！」

サタンが私の間合いに入ってくる。

攻撃への全集中と、疲労《ひろう》で集中が途切《とぎ》れた一瞬を縫《ぬ》っての接近。私は気づけず、両手を握られる。

しまった！

捕《つか》まえられた……こうなったら自爆《じばく》覚悟で奥の手を——

決死の覚悟を決めかけた時、サタンは私の手をひっぱり、顔を引き寄せる。顔同士が近づく。そして——

「お前、俺《おれ》の嫁《よめ》になれ」

「……へ？」

魔王は私に、求婚《きゅうこん》してきた。


ここ数日、理解できない行動を多く経験した。突拍子《とっぴょうし》のないセリフ、行動に驚かされたことも多々ある。だけど、その全てが可愛《かわい》く見えるほど、予想外すぎて呼吸を忘れた。

「な、何を……」

「お前のことが気に入った！　お前のような女こそ、俺の伴侶《はんりょ》に相応《ふさわ》しい」

「な、な……」

なんなの、こいつ……驚愕と困惑《こんわく》がセットで頭の中を駆《か》け抜ける。

強くガシッと握られた手は離《はな》れない。敵意はなくなっていた。私を見つめるその眼から感じるのは、純粋《じゅんすい》な期待だった。

意味が分からない。頭の中がごちゃごちゃして、思考が迷子になる。

動揺する私を見て、サタンは首を傾《かし》げる。

「どうした？　嬉《うれ》しくはないのか？」

「あ、当たり前でしょう？」

「なぜだ？　この俺の伴侶だぞ？　これほど名誉《めいよ》なことが他にあるか？」

「あなたは魔王でしょ？　人類の敵の嫁なんて、不名誉以外の何物でもないわ！」

頭がパニック状態で、まともな思考は難しい。私は感情のままに受け答えをする。

「人類の敵？　考え方が古いな。それは過去の話だ。今の俺はお前たちを敵だとは思っていない。お前たちが勝手に敵対視しているだけだ」

「ふざけないで！　敵対視していないなら、どうして彼女《かのじょ》を殺したの？　フレアたちと敵対して……」

「何の話だ？　俺は復活して以降、一度も人を殺していないぞ」

「嘘を――！」

感情に任せてしゃべり過ぎた。自分の発言にハッと気づき、ようやく冷静になる。

彼の困惑は当然だ。私が口にした指摘《してき》は、あくまで私が知っている物語の話に過ぎない。

彼はまだ、スレイヤを殺していない。フレアや勇者たちとも敵対しているわけじゃない。

「……なんでもないわ」

余計なことを話し過ぎた。どうやって誤魔化《ごまか》そう。というよりこの状況と魔王の求婚……どうやって整理すればいいの？

「お前……何を知っている？」

「……」

「さっきの発言、お前には確信があったな。俺が誰かを殺したと……そんな事実はない。俺自身が一番知っている」

「別の人と被《かぶ》ったのよ。よく似た人を知っているから」

苦しい言い訳なのは自覚している。

魔王に似ている人？

そんな人、いるはずがない。サタンはクスリと笑みを浮かべる。

「面白いな。お前は何か知っているのだろう？　俺が知らない何かを……教えてもらおうか？」

「勘違《かんちが》いよ」

「答える気はないか。なら勝手に聞こう」

「何を――」

こつん、と音がした。気づけば彼のおでこが、私のおでこに触れている。

目が近い、鼻が近い、口が近い。息遣《いきづか》いがハッキリとわかる。

男性の顔がここまで接近した経験なんてなくて、思わずドキッとしてしまう。でも瞬時に気づいた。私の脳内が覗《のぞ》かれていることに。

「離れなさい！」

「っと、乱暴な奴《やつ》だな」

おでこを離した拍子《ひょうし》に、握られていた手の片方も離れた。

未《いま》だ右手は握られたままだ。触れた相手の情報を読み取る魔法サイコメトリ。生物の記《き》憶《おく》や情報を読み取るのは難しい。けど、魔王ならば造作もない。

今の一瞬でどこまで覗かれた？

私はごくりと息を呑む。

「……そうか。お前も転生者か」

見抜《みぬ》かれてしまった。サタンは私の頭を覗いて、私がスレイヤに生まれ変わった別人であることを理解する。

おそらくその先……今日までのことも。

「一緒《いっしょ》にしないでほしいわね」

「確かに同じではないな。俺は過去だが、お前は別の世界からか。興味深い……お前が持つ本の記憶も」

「……」

当然、本の内容も彼に伝わる。私がなぜ彼の正体に気づいていたのか。

その結末も含《ふく》めて。最悪だ。ラスボスに詳細《しょうさい》な情報を与えてしまった。これでもう、私の生存確率は一気に下がってしまっただろう。

「実に興味深いな。俺の行く末は……破滅《はめつ》か。お前と同じように」

「……」

どうする？

諦《あきら》めて楽になる？

もう、抗《あらが》ったところで結果は見えている。私は失敗したんだ。なら、このままここで……。

「だが気に入らないな。これでは俺は伴侶を見つけられずに滅んでいるじゃないか！」

「……当然でしょ？　あなたは世界に喧嘩《けんか》をうったのよ」

「そこが間違《まちが》いだ！　お前が知る物語の俺とは相違《そうい》がある！　俺の望みは世界征服《せいふく》でも、人類に対する復讐《ふくしゅう》でもない！　俺が蘇《よみがえ》ったのは、永遠の伴侶を見つけるためだ！」

「……は？」

何言ってるのこの魔王は……。

諦めから全身の力が抜けた私は、ため息交じりに尋《たず》ねる。

「魔王が嫁探しのために復活したっていうの？　馬鹿みたいじゃない」

「どこが馬鹿だ？　お前たち人間も、誰かと添《そ》い遂《と》げるために生きているではないか。戦いに飽《あ》きた俺が種の存続を願うのは生物として当然だろう？」

「じゃあ本当に、嫁がほしくて復活したの？」

「無論そうだ！　このベルフィストという男に憑依《ひょうい》しているのも、学園ならば相応の相手に巡《めぐ》り合えるだろうという算段からだ！」

サタンは堂々と胸を張る。

本気で言っているように見えるのが馬鹿らしい。

「あなたは……どっちなの？」

「どっちとは？」

「サタンなの？　それとも……ベルフィストなの？」

「どちらも正解だ。今の俺は、二つの意識が混ざり合っている。こうして話しているのはサタンであり、ベルフィストでもある」

原作でも語られていたセリフだ。彼は私の記憶を見たから、それになぞってセリフを口にしたのだろう。

その証拠《しょうこ》に得意げだ。

「はぁ……その嫁候補が私？」

「そうだとも。俺はお前のことが気に入った。俺を前にしても折れない胆力《たんりょく》、その人間離れした魔法の力……まさに俺に相応しい」

「原作では使い捨てにして殺したのに？」

「本の中ではそうらしい。が、お前は違《ちが》うだろう？　お前はスレイヤであってスレイヤではない。何より、この俺を殺せるかもしれない人間など、世界広しと言えどお前だけだ」

その通りだ。私はスレイヤじゃない。スレイヤに宿った別の魂……私は私だ。

「だから、俺はお前を気に入った。スレイヤではなく、お前自身に魅力《みりょく》を感じている」

「私に……」

スレイヤの中身、私は極々平凡《ごくごくへいぼん》な村人だったわよ。

一度目の人生も退屈《たいくつ》で、世界に何も残せず、誰かの記憶に色濃く残ることもなく、燃えながら死んでいった。

そんな私に……何がある？

魅力なんてあるの？

もし本気で言っているのだとしたら……。

「……いいわよ。あなたの嫁になってあげる」

「ほう。そうこなくて――」

「その代わり条件があるわ」

私の心は吹っ切れていた。諦めも極限に至り、一つの道を見出《みいだ》す。

もはや予定通りにはいかない。本の物語をなぞり、遠くから見守ることはできない。

私は関わってしまった。深く、抜け出せないところまで。

だったらいっそ――

「私のことを守りなさい！　生涯《しょうがい》、寿命《じゅみょう》を迎《むか》えて死ぬまで！」

この魔王を、利用できるだけ利用してやろう。

第三章

魔王との激戦を繰《く》り広げた翌日。

「……ぅ、朝……」

目覚めた私は朝日の眩《まぶ》しさを感じる。身体はどっと疲《つか》れて重たい。関節が強張って少し痛みもある。

痛みを感じる。そう……。

「生きてる」

魔王と戦って、私は生き延びた。圧倒的《あっとうてき》な実力を見せつけられ、起死回生の奥の手を使うかで迷い。交渉《こうしょう》の果て、私は日常へと帰還《きかん》した。

いいや、日常とはもう呼べない。今の私は……。

「はぁ」

小さくため息をこぼし、メイドを呼んで朝の仕度《したく》を済ませる。

朝食も家族と一緒に過ごし、何も変化がなかったように振舞《ふるま》って学園へと向かった。

正直気は進まない。というより、未だに信じられない。あれだけの戦闘《せんとう》を繰り広げ、死すら覚悟したのに、こうして生きていることが。

何よりも……。

「スレイヤ」

この男、魔王《まおう》サタンの依代ベルフィストが……。

「おはよう」

「……ええ」

私の婚約者《こんやくしゃ》になったなんて。

◇◇◇

時は遡《さかのぼ》り、激戦を終えた直後。諦めの極致《きょくち》から迷いを振《ふ》り切り、私は魔王に言い放った。

「お前を守る？」

「そうよ。私のことを守りなさい。この先ずっと」

どうせ魔王には私の正体がバレた。うちに秘《ひ》めた目的も晒《さら》して、この先思い通りにはいかない。ならば利用する。

この世界で最強の存在……スレイヤの死の引き金が魔王サタンならば、彼を味方につければ私は絶対に死ぬことはない。

普通《ふつう》の生活はできないだろう。それでもいい。私は……悲しい終わりだけは迎えたくないから。

「ふっ、まるで今のセリフはプロポーズのようだったぞ」

「プロポーズしたのはそっちよ。私のは保身。死にたくないから、守れと言っているの」

「強気だな、この状況《じょうきょう》で」

「こんな状況だからこそよ。私に逃《に》げ場《ば》はない。だったらとことん戦ってやるわ」

認められないのなら戦うまでだ。今度は躊躇《ちゅうちょ》しない。たとえどんな結果になろうとも、奥の手を使って魔王を滅ぼす。

強い覚悟を瞳に宿し、魔王サタンを見つめる。

「いい眼だ。未だ光を失っていない」

「……どうするの？　私の要求が呑《の》めないなら、この話はなしよ」

「ふっ、いいだろう。その程度のことなら聞いてやる。お前の身の安全は俺が保障してやろう」

サタンは答えた。私は心の中で、よしと呟《つぶや》く。

言葉の真偽《しんぎ》は付けられないけど、一先《ひとま》ず味方には付けられそうだ。

問題はここから先、彼《かれ》が裏切らないようにする方法を……。

「ただし！　こちらからも条件を出そう」

「条件？　結婚《けっこん》する以外に何か私にさせるつもり？」

「そうだ。お前の要求を呑むんだ。こっちも追加で要求させてもらう」

「私は結婚の話に対する条件を出したのよ？　もう一つなんて不公平だわ」

私が反論すると、魔王サタンは笑みを浮かべる。

「俺を前にして、公平な交渉ができると思わないほうがいいぞ」

冷たい視線に寒気がする。その気になれば一瞬で殺せるぞ、と耳元で囁《ささや》かれているような感覚。こんなにも緩《ゆる》やかで鈍《にぶ》い殺気は初めて感じた。

私の身体は強張る。

「安心しろ。大した要求ではない」

「……何をすればいいの？」

「俺の半身を探すのに協力しろ」

「……どういうこと？」

言っている意味がわからなかった。

魔王の半身？

そんな言葉、原作にも登場していない。それじゃまるで、目の前にいる彼が不完全な状態みたいに聞こえる。

「――お前が今思った通りだ」

「！　心を……」

「読まずともわかる。お前は割と、顔に出やすいぞ」

ぱっと自分の頬に触れる。顔に出やすいなんて初めて言われた。気を付けていたつもりなのに。

「……説明してもらえる？」

「いいだろう。手短に話そう。そろそろ……結界の効力も切れる」

隔離《かくり》結界には時間制限がある。私から支配権を剥奪《はくだつ》しても、最初に展開した際に生じた制限は変わらない。

外の世界で授業が終わるまで。授業が終わるベルの音と共に、結界は崩壊《ほうかい》する。

「俺の復活は不完全だ。見てわかる通り、肉体は戻《もど》っていない。ここにあるのは、俺の魂《たましい》と力の一部だけにすぎん」

「一部……」

完全体じゃなくてこれだけの強さ？

完全復活したらどれほど恐《おそ》ろしいのよ。昔の勇者はよく魔王を倒せたわね。

魔王が化け物なら、勇者もまた化け物だわ。

「魂の復活と同時に、俺の力は無数に分かれて散った。その力を回収したい」

「散ったって……どこに？」

「人間の心だ」

人間の……心？

私は首を傾げる。

「力には意志が宿る。俺の力は、人間の心の隙間《すきま》に引き寄せられた。後悔《こうかい》、葛藤《かっとう》、罪悪感……誰しも一つくらい、他人に言えない秘密はある。俺やお前にもあるようにな」

「……そうね」

「そういう人間の心には穴が空く。穴を埋めるために、心は代わりを求める。それに引き寄せられたのが俺の力だ」

「よくわからないわね。要するに、あなたの力を宿した人間が他にもいるの？」

「そういうことだ。まぁ本人は気づいていないだろうがな」

要求の内容は理解した。理解した上で、私はサタンに言う。

「無理よ」

「なんだと？」

「だって、その人間がどこにいるかわからないじゃない。世界中に人間がどれだけいると思っているの？」

サタンが私に協力を頼《たの》むということは、彼自身に力の所在を感知する力はない。

もしくは正確な場所がわからないのだろう。

そうでなければ、他人に頼《たよ》る必要はない。自分で見つけて、奪《うば》い返せばいいのだから。

「安心しろ。力は引き寄せ合う。俺がここにいる。ならば力の持ち主は……学園の中にいる」

「どういう理屈《りくつ》？　根拠《こんきょ》はあるの」

「ああ、今しがた確信が持てた。俺の分かれた力たちは――その勇者たちが宿している」

「なっ……」

何を言って……勇者が魔王の力を宿している？

そんなことあるわけない。原作にそんな描写《びょうしゃ》も展開もなかったんだから。

「ありえないわ」

「いいや確実だ。お前の記憶を見て確信を得た」

「どういうことよ。原作を知ったからってこと？　だったら逆にありえないじゃない」

「いいや、原作の俺は気づいたんだ。勇者たちに力の一部が宿っていることに。そして……主人公と親密になることで、心の隙間は埋まる。埋まれば居場所を失い、俺の力は解き放たれることに」

サタンは説明を続ける。解放された力の一部は、もっとも相応しい場所へ導かれる。近くには本体がいた。故に、力はサタン自身の元へと回帰した。

主人公と勇者が結ばれることで、自らに力が戻ったことを知った魔王は……。

「力を全て回収するために、主人公を手に入れようと……した？」

「おそらくそうだ。それこそが、原作で描《えが》かれなかった魔王サタンの真の目的！　世界征服を望もうが、嫁探しをしようが、力の回収は共通した望みだ。俺ならそうする」

サタンは断言する。物語の中の展開とはいえ、本人が言っているのだから説得力がある。

そして結果的に、魔王はフレアたちと完全対立した。

最終的にはフレアたちに討伐《とうばつ》され、世界から完全に消滅《しょうめつ》する。

「必ずしも奴である必要はない。心の隙間……その者が抱《かか》えている問題が解決すれば、それは埋まる」

「それなら、私が何かする必要もないわ」

この世界にはフレアがいる。彼女はきっと、勇者たちと親交を深めていくだろう。勇者たちの問題は、彼女が解決する。グランドフィナーレを迎える最後のお話では、全員が一丸となって魔王と相対した。

その時にはすでに、彼らの問題は解決している。

「私がやらなくても、フレアがいれば十分じゃない」

「……残念だがそうはならない」

「どうして？」

「あの娘《むすめ》が救えるのは一人の心だけだ」

「そんなことないわ。最後のお話では」

「問題は解決している。が、俺の力は戻っていない。根拠はある。俺が見せた力が……あまりにも中途半端《ちゅうとはんぱ》だ」

「中途半端って……」

最終決戦の描写は白熱だった。文字だけなのに情景もハッキリと伝わって、魔王の恐ろしい力の応酬《おうしゅう》と、フレアや勇者たちの想《おも》いが全身を駆け巡るように。

私だけじゃなくて、多くの読者が感動したはずだ。

「完全復活した俺はあの程度ではない。俺が言っているんだ。間違っているはずがない」

「……」

本人に言われると納得《なっとく》してしまいそうだ。確かに、個別ルートで戦った魔王サタンと、最終決戦時のサタン。言うほど強さに差は……ない。そういう描写もされていなかった。

「どうして？　心の隙間は問題を解決すれば埋まるのでしょう？」

「その通りだ。ならば理由は単純。新たな隙間が生まれたということになる」

「新たな隙間……それって……」

「欲だ」

「欲？」

「主人公、フレアを手に入れられなかったという後悔が、新たな穴となった」

そんな理由……？

サタンから聞こえた意外な一言に、私は呆《あき》れてしまった。私は、彼らが抱えていた問題を知っている。

どれも悲しくて、重たくて、切ない問題ばかりだった。ずっと抱えていた苦しみを、フレアと過ごすことで解消していく。

その辛さと、フレアを射止められなかった辛さが一緒？

「そんな嫉妬《しっと》が理由になるの？」

「馬鹿にはできないぞ。欲は誰《だれ》にでもある。それほど欲《ほっ》した相手を失ったのなら、心の隙間はより大きくなるだろう。人間は物を失うより……人を失うほうが苦しむ」

サタンは遠い目をしながらそう言った。

思い入れでもあるのだろうか。それとも、彼を宿したベルフィストが、誰かを失った過去でも持っているのか。

わからないけど、悲しそうに見えた。

「……なら、まずいじゃない」

「そうだ。このままではよろしくない。

フレアは彼らと出会っている。彼らがこれからも関われば、彼らはすでに、フレアに惹《ひ》かれつつある。

程度に違いはあれど、彼らがこれからも関われば、恋《こい》に落ちることは明白だ。恋に落ち、本気でフレアを求める様になれば……。

「もはや心の隙間は埋められない。俺の力は永遠に戻らない」

「……殺した場合は？」

「ふっ、お前からそれを聞くのか？」

「いいから話して」

サタンは小さく笑う。

「回収はできない。心と一体化した状態で死ねば、力ごと消滅する」

「……そう」

無理やり奪い返す、という手段は使えない。

あくまで心の隙間を埋める方法でなければ、サタンの力は回収できないということ。

「面倒《めんどう》ね」

「そうだ。だからお前にも協力してもらうぞ。俺ではどうあがいても、奴らの心の隙間を埋めることはできん。所詮《しょせん》はただの……友人だ」

「よく言うわよ」

魔王サタンの依代、あの物語の一番重要なキャラクターだったくせに。けど、彼の言う通りだ。

セイカの友人でしかない彼には、勇者たちの心の隙間は埋められない。可能だとすれば、主人公であるフレアだけ。私にも……無理だ。

「スレイヤはフレアの敵役《かたきやく》よ。私にも、彼らの心の隙間は埋められないわ」

「ならば方法は一つだろう？」

「……まさか」

「察しがいいな」

浮《う》かんだ方法は一つだけ。心の隙間を埋められるのは、この世界でたった一人。物語の主人公フレアだけ。ならば彼女を、味方につけるしかない。

◇◇◇

学園の敷地内《しきちない》を歩く。二人並んで。

「あまり近寄らないでもらえる？」

「どうして？　君と俺とは婚約者《こんやくしゃ》だろう？」

「婚約はしていないわ」

「けど将来結婚するだろ？　だったら婚約者じゃないか」

そうだけど、そうじゃない。私は彼の求婚に、私自身の安全を保障させることで同意した。彼が私を守ってくれる限り、私は彼の伴侶となる。ただし、絶対と決まったわけじゃない。

「もう一つの条件が満たされない限り、私の安全は完璧《かんぺき》にならないのでしょう？　だったら、婚約と呼ぶには足りないわ」

「あー、それは確かに。仮に回収できないなら、俺がとる行動は一つだな」

「……」

彼はさわやかな表情をしている。頭の中はきっと真っ黒……もしくは真っ赤だ。

もしも失敗したら？

考えるまでもない。サタンは間違いなく、フレアや勇者たちを殺すだろう。彼はすでに、自身が迎えるエンディングを知っている。

破滅の終わりを。彼が破滅を回避《かいひ》する方法はシンプルだ。

主人公たちが力をつけ、団結する前に殺してしまえばいい。

サタンの強さは身をもって体験した。今の彼なら、余裕《よゆう》をもって彼女たちを殺せる。そうしないのは、彼女たちに可能性があるからだ。

「皮肉ね……」

魔王を倒して平和をもたらした勇者たち。今、彼らの命は魔王の力を宿していることで保たれている。

この事実を知れば、彼らはどう思うだろうか。いいや、そんなことはどうでもいい。

私はただ、幸せに生きたいんだ。

「フレアの攻略《こうりゃく》はすぐ始めるわ」

「気合が入ってるな。算段はあるのか？」

「不幸中の幸いよ」

「ん？」

彼は知らないだろうけど、私はすでにフレアと知り合っている。

原作とは違った……友好的な形で。また、お話ししましょう。

そう言って別れた彼女の笑顔《えがお》を思い返す。今の私なら、彼女と友人にはなれるはずだ。

「まずは親密になる。だから邪魔《じやま》しないで」

「ひどいな。一応協力関係だろ？」

「一方的でしょ」

「そんなことない。ちゃんと君の安全は俺が保障する」

彼はニコリと微笑《ほほえ》む。そんな彼の表情を、じとーっと見つめる。

「何その顔」

「……今のあなたは、魔王っぽくないわね」

「ん？　ああ、戦闘中みたいに興奮するとサタンの色が強くなるんだ。普段《ふだん》はどちらかというと、ベルフィストの人格が勝ってる」

「そう。道理で……」

「ちなみに、どっちのほうが好み？」

彼は私の前に立ち、通せんぼして尋ねる。悪戯《いたずら》を仕掛《しか》ける子供みたいな顔で。

「どっちも嫌《きら》いよ」

「わっ、酷《ひど》いな！　未来の夫に向かって」

「私を殺すかもしれない相手よ。今はまだ、好きになれないわ」

「――あーなるほど。じゃあ、好きになってもらえるように頑張《がんば》るよ」

◇◇◇

ベルフィストと別れ、私は一人で学園の建物を散策する。探しているのはもちろん、彼女だ。まだ三日目。ほぼ間違いなく、一般《いっぱん》科目の授業を受けるはず。

問題は彼女がドジで方向音痴《おんち》だということ。

「また迷ってないかしら」

魔法《まほう》で探すのが手っ取り早いけど、学園内で不用意に魔法を使うと罰《ばつ》がある。だから昨日も、結界を張って気づかれないように工作した。

あの激しい戦いは結界の外には届いていない。誰も私が魔王と戦ったなんて知らない。

学園は今日も平和だ。

「スレイヤさん！」

「——！」

今の声は……私は後ろを振り向く。

今日の私は運がいいかもしれない。まさか、向こうから見つけてくれるなんて。

「おはようございます！」

「ええ、おはよう。フレアさん」

探し人のほうから駆け寄り、私の隣《となり》に立つ。

おかげで探す手間が省けた。見つけてくれたことに、私は心の中で感謝を口にする。

「これから授業ですよね？　なんの授業を受けるんですか？」

「決めてないわ。あなたは？」

「私は一般科目を、えっと……」

「……迷ったのね」

「あははは……」

フレアは無邪気《むじゃき》に笑う。この天然っぽい雰囲気《ふんいき》も、彼女の魅力の一つだった。

彼女の笑顔や言葉には、心の底から邪気がない。

純粋に思ったことを口にする。だからこそ時に失敗もするけど、周囲から信頼《しんらい》される。

私も本を読みながら、そんな彼女《かのじょ》に少し憧《あこが》れていたり……。

「どうかしましたか？」

「なんでもないわ。その講義ならこっちよ」

改めて、フレアが目の前にいることで感慨《かんがい》にふけっていた。

私は彼女を案内して、教室前まで移動する。

「ここよ」

「ありがとうございます！」

彼女は元気よくお礼を口にした。清々《すがすが》しいほど好意と善意だけのお礼だ。心が安らぐ。

「あの、スレイヤさんは……」

そして、期待するように私を見つめる。

「そうね。時間も時間だし、一緒に受けるわ」

「本当ですか！　やった！」

ただ一緒の授業を受けるだけで、こんなにも喜んでもらえる。

無邪気な笑顔を見せられ、なんだか恥《は》ずかしい。と同時に、心苦しい。目的のためとはいえ、彼女に罪はない。

そんな彼女を利用することに……罪悪感はぬぐえない。

「あ！　あの席が空いてますね」

「ええ」

隣《となり》り合わせの席に座《すわ》る。問題は、どうやって彼女に協力を仰《あお》ぐか。まさか本当のことをペラペラと伝えるわけにもいかない。

私が上手《うま》く誘導《ゆうどう》して、彼女に勇者たちの問題を解決させる。

好意は抱《いだ》かせないギリギリのラインで……難しいなんてものじゃない。

改めて面倒なことを引き受けてしまったな。

しばらく教室で待っていると、定刻通り授業が始まる。

一般科目は特に退屈だ。面白《おもしろ》みのない授業を聞き流しながら、チラッととなりの席にいるフレアを見る。

とても真剣《しんけん》に聞いている。まじめな性格は、この世界でも変わらない。

彼女を利用するために、私は何をすればいいのだろう。何を言えばいいのだろう。素直《すなお》にお願いできる内容なら、どれほど気が楽だったか。私は小さくため息をこぼす。

「スレイヤさん？」

「なにかしら？」

「いえ、なんだか難しい顔をしていたので」

「ちょっと考え事をしていたのよ」

あなたのことでね。

「何か悩《なや》み事《ごと》があるんですか？」

「そうね」

「もしよかったら、私に話してもらえませんか？　助けてもらったお礼がしたいんです」

「助けたって、道案内をしただけよ？」

「それに私は助けられました。だから……」

彼女はじっと私の顔を見つめる。綺麗《きれい》な瞳《ひとみ》をキラキラさせて……見ていると吸《す》い込《こ》まれそうになる。

純粋《じゅんすい》な善意だけの言葉に、思わず口が動きかける。

「今は授業中よ」

「そ、そうでした。終わったら話しましょう！」

「……ええ」

本当に、彼女と話していると素直に全部打ち明けたくなってしまう。

彼女なら、どんなお願いでも協力してくれそうな……前向きで明るい主人公が成せる業だ。他人を無条件に惹きつけ、虜《とりこ》にしてしまう。

私には一生かけても使うことができない天然の魔法を、彼女は持っている。だからきっと、彼女と私は……交わらない。

授業が終わる。教室を出て廊下《ろうか》を歩いていると、フレアのほうから尋ねてくる。

「さっきの話の続きをしましょう！」

「……悩みなんてないわよ」

「嘘《うそ》ですよ。今だって、何かに困ってる顔をしています」

「よくわかるわね。昨日今日会ったばかりの人のこと」

意地悪な嫌《いや》みだ。

彼女はそれに気づかず、笑顔で答える。

「わかりますよ。気になる人のことは、つい目で追ってしまうので」

「気になる？」

「あ、えっと変な意味はなくて。スレイヤさん美人で格好《かっこ》いいなと思って」

フレアは照れながらそう言った。

無意識に相手を褒《ほ》める。好意をほのめかす。これも、彼女が主人公らしい振る舞《ま》いの一つ。こんな風に言われたら、男の子は勘違《かんちが》いしちゃうわね。

女の私でさえ、ほんの少しだけドキッとしてしまったのだから。

「だから教えてください！　スレイヤさんのお悩み！　私、協力しますから！」

「……どんな内容かも知らないで？」

「どんな内容でも！」

「……」

彼女なら本当に……わずかな期待を胸に抱く。

自然と、口が動きかけた。

「あなたに――」

「ここにいたか。フレア」

私の言葉を遮《さえぎ》ったのは、ライオネスの声だった。

振り返るとライオネスとメイゲンが後ろに立っている。

「ライオネス君！　メイゲン君も」

「こんにちは、フレアさん」

「お前は……スレイヤ・レイバーンか」

ライオネスと視線が合う。

そうだ。彼女と行動を共にすれば、彼らとも遭遇《そうぐう》する確率が増える。

主人公にとって運命の相手たち……必然。けど、タイミング的に助かったわ。

もう少し遅《おそ》ければ、私の口から素直に伝えてしまいそうだったから。

「オレに何か言いたげだな？」

「別に、何もないわ」

「ふんっ、その態度は好かんが、まぁいい。用があるのはお前ではなく、こっちだ」

ライオネスはフレアを指さす。フレアはキョトンと首を傾《かし》げる。

「お前、昼はオレに付き合え」

「お昼ですか？　いいですけど、それならスレイヤさんも一緒《いっしょ》に」

「聞こえなかったか？　オレが誘《さそ》ったのはお前一人だ」

「そう、ですか……」

フレアはちらりと一瞬《いっしゅん》、私のほうを見た。申し訳なさそうな横顔が見える。

心配しなくても、私は気にしていないわ。だから気にせず彼と……いえ、あまり親交を深められても困るわね。

好意が本物になると私たちの目的は果たせない。どうしようかしら。

「すみません。そういうことなら、私は遠慮《えんりょ》します」

「――！」

「なんだと？」

フレアは断った。意外にも、彼からのお誘いを。驚《おどろ》く私と、断られて明らかに苛立《いらだ》つライオネス。

「私、今日のお昼はスレイヤさんと一緒にいたいので」

「フレア……」

ライオネスじゃなくて、私を選んだというの？

どういう気持ちで？

困惑《こんわく》する私をよそに、拒絶《きょぜつ》されたライオネスは眉間《みけん》にしわを寄せる。

「お前……オレの誘いを無下にする気か」

「すみません。また明日——」

「ふざけるなよ貴様！」

突然《とつぜん》、ライオネスが怒鳴《どな》る。驚いたフレアはビクッと身体を震《ふる》わせる。

「このオレが誘っているんだ。平民の分際で断れると思うな！　無礼者が！」

「ラ、ライオネス君？」

「ライオネス！　落ち着いて！」

諫《いさ》めようとするメイゲン。しかし彼の声は届いていない。

「いいから従え！　平民が貴族に逆らうな！」

「っ、痛い」

怒《おこ》ったライオネスがフレアの手首をつかむ。何かが彼の逆鱗《げきりん》に触《ふ》れてしまったらしい。

私には、彼の怒りの理由がわかる。これも一つの通過点、彼らが仲を深めるためには必要……それでも、いや、だからこそ。

「やめなさい。見苦しいわよ」

ここで止めなくちゃいけない。

「……スレイヤさん」

「貴様……」

私はライオネスの手首をつかむ。互《たが》いににらみ合い、場はピリピリと緊張感《きんちょう》で包まれる。

「離《はな》せ」

「あなたが離しなさい」

「貴様……誰に向かって言っている?」

「あなた以外にいないでしょう?」

お互いに一歩も引かない。

無理やり引きはがしたいけど、純粋な腕力《わんりょく》ではライオネスが優勢。大人しく離せばそれでよし。ただ、彼は引き下がらないだろう。

「立場をわかっていないようだな」

「同じよ。この学園の中では対等……外でも、同じ貴族でしょう?」

「ふっ、同じ? 馬鹿を言うな貴様。貴様ごとき中流貴族の娘と、このオレが同格であるはずがないだろう?」

「……離す気はなさそうね」

だったら仕方がない。少し痛いけど、我慢《がまん》しなさい。

「ボルト」

「──っ!」

バチっと彼の手首に電流が走る。たまらずライオネスはフレアの腕《うで》を離した。

自分の手首を守るように握《にぎ》り、私のことをギロっとにらむ。

「貴様……」

「離さないあなたが悪いわ」

「……その態度、物言い……やはりお前は気に入らない。多少魔法が使える程度で、調子に乗っているようだな!」

「多少……じゃないわ。あなたよりはずっと上よ」

私の煽《あお》りは確実に、ライオネスの心を刺激《しげき》する。その証拠《しょうこ》に、彼の表情が明らかに変化する。

「いいだろう。なら見せてもらおう。スレイヤ・レイバーン！　オレと決闘《けっとう》しろ」

「け、決闘！」

「いいわよ」

「スレイヤさん？」

即答《そくとう》した私に、フレアは心配そうな顔を向ける。

私は彼女に囁く。

「心配いらないわ。私……これでも強いのよ」

あの魔王と、激戦を繰《く》り広げられるくらいにはね。

ライオネスはニヤリと笑《え》みを浮かべる。

「決まったな。今すぐ始める。ついてこい」

「ええ」

「ちょっとライオネス！」

「止めるなメイゲン。このオレをコケにした罪、その身で償《つぐな》ってもらわねば釣《つ》り合わん」

引き留めるメイゲンを振《ふ》り払《はら》い、ライオネスは先頭を歩く。

私とフレアもそれに続く。

呼ばれたのは私一人、彼女は授業を受ければいいのに……なんて、この状況《じょうきょう》では言えないわね。ちょうどいいわ。この戦いを見て、彼女がライオネスと親密になる可能性を減らせればいい。

それだけ？

私は単に、イラついてライオネスを止めたような……。

「ここだ」

「訓練部屋ね。許可はとっているの？」

「無論だ。オレの手にかかれば許可など簡単に下りる」

「本当かしら」

どっちでもいいわね。

「手早く終わらせましょう」

「その余裕、すぐに消え失《う》せるぞ」

私とライオネスは距離《きょり》を空けて向かい合う。

互いの後ろにはフレアとメイゲンが心配そうに立っている。

「相手を戦闘《せんとう》不能にする。もしくは降伏《こうふく》させることが勝利条件だ」

「ええ」

「決闘は何かをかけるものだ。敗者は勝者に従う。それでいいな？」

「構わないわ。どうせ勝つのは私だから」

「――後悔するなよ」

ライオネスの魔力《まりよく》が膨《ふく》れ上がる。さすが貴族の嫡男《ちゃくなん》、魔力量は常人のそれを凌駕《りょうが》する。

けど生憎《あいにく》、私はそれ以上のものを知っている。

「あれを見た後だと、可愛《かわい》く見えるわね」

「燃《も》え盛《さか》れ！　バーンストライク！」

ライオネスの前方に魔《ま》法陣《ほうじん》が展開され、炎《ほのお》の渦《うず》が私に放たれる。

炎が衝突《しょうとつ》すると同時に、竜巻のように上昇《じょうしょう》する。

「スレイヤさん！」

「ふっ、この程度か。所詮は口だけの……」

「ぬるいわね」

私は腕を振るい、炎を蹴散《けち》らす。

「――！」

「こんな炎じゃ魚も焼けないわよ」

私が煽る。ライオネスは苛立ち、大きな舌打ちと同時に新たな魔法を発動する。

「メテオストライク！」

彼《かれ》の背後に無数の炎の球が生成される。それが私の周りを取り囲み、一斉《いっせい》に放たれ着弾《ちゃくだん》する。爆発《ばくはつ》と煙《けむり》が舞う。が、当然私には通じない。無傷の私が煙の中から現れ、ライオネスは驚愕《きょうがく》する。

「馬鹿な……」

「ぬるすぎるわ。本物の炎は――」

私は右手をかざし、手の平に魔法陣を展開。吹《ふ》き出す業火《ごうか》が立ち上り、巨大《きょだい》な剣《けん》のような形を作る。

「こういうものよ」

私は炎の剣を振り下ろす。ライオネスは横に大きく跳《と》んで回避した。

いい判断だ。もし受けていたら火傷《やけど》じゃすまなかったわよ。

「よく躱《かわ》したわね」

「っ、なめるな！」

ライオネスが炎を身体に纏《まと》わせ突撃《とつげき》してくる。見てわかる通り、彼が得意な魔法は炎だ。

彼の家系は、炎魔法《ほのおまほう》を極《きわ》め、それを子孫へ継承《けいしょう》する。

ライオネスは十分に強い。すでに学生の領域は超《こ》えている。ただ、相手が悪かったわね。

「私が見ているのは、学生なんかじゃないわ」

「すごい……格好いい」

彼の炎は私に届かない。すべてかき消され、相殺《そうさい》される。

苛立ちを隠《かく》せないライオネスは、どんどん攻撃《こうげき》が雑になる。

「そろそろ終わらせるわよ」

「……ふざけるな。このオレが、女風情《ふぜい》に負けることなどありえん！」

激しい怒りがライオネスの魔力《まりょく》を増幅《ぞうふく》させる。

感情の起伏《きふく》によって魔力制御《せいぎょ》が乱れる。優《すぐ》れた魔法使《まほうつか》いほど、感情の制御は完璧にこなす。だけどライオネスはまだ学生だ。

実力はあっても未熟。大きな力を持つからこそ、未熟さが際立《きわだ》つ。

乱れた魔力操作で魔法を使えば、暴発してしまう。

「消えろ！」

ライオネスの全身から炎が立ち上り、周囲に放たれる。

彼は無意識だ。放たれた炎の一つが、フレアに向かう。

「え――」

それに彼が気づいた時には手遅《ておく》れ。攻撃は当たる。

「……あれ？」

「まったく、困った男だわ」

私が、こうして守っていなければ。

「スレイヤさん！」

「大丈夫《だいじょうぶ》？　怪我《けが》は？」

「ありません。スレイヤさんが、守ってくれたんですね」

「偶々《たまたま》よ」

私も無意識に身体が動いていた。危ないと感じたら、勝手に彼女を守っていた。

不思議だわ。これじゃまるで、私が彼女にとってのヒーローで、彼が……。

「くそっ」

悪役みたいじゃない。

「スレイヤ・レイバーン……」

彼は睨《にら》む。だけど、戦う前のような覇気《はき》はない。

彼自身わかっているんだ。私が割って入らなければ、フレアが大怪我をしていたことに。

するとそこへ、教員の声が響《ひび》く。

「こら！　ここで何をしている！」

「え、先生？」

「無許可で訓練部屋を使うことは禁止されているんだぞ！」

「やっぱり許可なんて取ってなかったわね」

そうだと思ったわ。さて、大騒《おおさわ》ぎになる前に逃《に》げましょう。

私はフレアの手を握る。

「行くわよ」

「は、はい！」

「こら！　待ちたまえ！」

叫《さけ》ぶ教員の声を無視して私は駆《か》け出す。聞こえなくなるまで遠く。建物の外に出て、中庭に隠れる。教員も追ってきていない。

「はぁ、まったくとんだ時間の無駄《むだ》だったわ」

「あの、スレイヤさん！」

フレアが私の前に立ち、キラキラした瞳で見つめる。

「ありがとうございます！　助けてくれて！」

「……偶々と言ったでしょ」

彼女は首を振る。

「守ってくれました……本当に、格好よかったです」

「……そう」

そういうセリフは、勇者たちに言うべきね。本来なら私が貰《もら》う言葉じゃないわ。

「スレイヤさん、私に恩返しをさせてください！」

「必要ないわ」

「嫌《いや》です！」

そう言って、彼女は私の手を握る。

「嫌ってあなた……」

「私がしたいんです！　助けてもらうばかりじゃなくて、スレイヤさんの力になりたい！

私！　スレイヤさんのお友達になりたいから！」

「友……達……？」

「はい！」

彼女は私の手をぎゅっと握り締める。まっすぐに私の瞳を見て話す。

「実は私……スレイヤさんに憧れていたんです」

「私に？」

彼女は頷《うなず》く。恥ずかしそうに。

「スレイヤさんみたいに、強くて、優《やさ》しくて、格好よくて、綺麗な人……初めて見ました」

強くて、格好いいまではなんとなくわかる。

私は優しいかな？

綺麗っていうのも、両親以外に初めて言われた。

「だから、ずっとお友達になりたいと思っていたんです！」

「……」

原作のフレアは、スレイヤが魔王《まおう》に殺されたことを知り、悲しんだ。

彼女のセリフはハッキリ覚えている。もっとお話をして、わかり合って。お友達になれたらよかったのに。

原作では叶《かな》わなかった思いが、今ここで――

「私を、スレイヤさんのお友達にしてくれませんか？」

「……」

叶おうとしていた。フレアはうっとりとした視線を私に向ける。

そんな顔、私に向けちゃダメだ。本当なら勇者の誰かに言うべきセリフを……向けるべき言葉を、私なんかが貰って……。

「いいの？　私で」

「スレイヤさんがいいんです」

「そう……」

そんなこと言われたら、たとえ女の子だって。

「じゃあ、今日から友人ね」

「――はい！」

嬉《うれ》しいと、心から思ってしまうのだから。

第四章

主人公の友人キャラクター。

数々の物語に登場し、悩み苦しむ主人公の気持ちを後押《あとお》ししたり、窮地《きゅうち》に颯爽《さっそう》とかけつけたり。脇役《わきやく》だけど、物語に絶対必要な位置にいる存在。いわゆる準主役の位置に、本来敵対するはずだった私が立ってもいいのだろうか。

そんな疑問は吹き飛んだ。彼女の……屈託《くったく》のない笑顔を向けられて。

「これからよろしくお願いします！　スレイヤさん！」

「……ええ」

温かくて優しい手だ。私と違《ちが》って、女の子らしい綺麗な白。この手を最初にとるのは、勇者の誰《だれ》かだったはずなのに。

その役目を奪《うば》ってしまったわね。

「ふふっ、スレイヤさんの手、あったかいですね」

「……あなたには負けるわ」

こうして、私たちは友人になった。

◇◇◇

放課後になる。授業が終わり、皆《みな》が帰宅する時間。空もオレンジ色に染まり始めた頃《ころ》に、私は中庭を訪《おとず》れた。

もちろん一人じゃない。彼女も一緒だ。大切な話をするために、誰もいない場所に移動したかった。他人に聞かれるわけにはいかない。

「秘密のお話、楽しみです！」

「楽しいようなことじゃないわよ」

「そうですね。悩みごとですから、ちゃんと聞きます！」

とことん明るい。この明るさが、彼女の持つ大きな武器だ。

「ところで……この人は誰ですか？」

「ようやく聞いてくれたね」

秘密の話をするんだ。当然、私とフレアの二人だけじゃない。

秘密の共有者はもう一人……彼がいる。

「さっきからついてきて……もしかして怪《あや》しい人ですか！」

「ひどいな君！　俺《おれ》のどこが怪しいんだ？」

「見た目です！」

「ストレートすぎる……」

「ふふっ」

思わず笑ってしまう。こういうやり取りは原作にもあった。

陽気で捉《とら》えどころのない発言をするベルフィストに、フレアが天然なツッコミを入れる。悪気がないからグサリと刺《さ》さる。目の前で見せられると、本の内容を思い出してしまうな。

「スレイヤさん、この人もいて大丈夫なんですか？」

「ええ、一応……協力者よ」

「協力者……」

フレアが不安そうにベルフィストを見つめる。ベルフィストは咳《せき》ばらいを一回して、改まって名乗る。

「俺はベルフィスト・クローネ！　彼女の婚約者《こんやくしゃ》だよ」

「こ、婚約者？」

「違うわよ」

「あ、よかった」

あっさり否定した私の横で、なぜかフレアがホッとしている。

「ちょっとスレイヤ、酷《ひど》いじゃないか！　俺たちは将来結婚《けっこん》する約束をしてるんだぞ？」

「え、そうなんですか？」

「……そうね。近い話はしてるわ」

約束というよりは契約《けいやく》に近い。お互いの望みを叶えるために要求を呑み合った。

「けど、婚約《こんやく》はしていないわよ」

「似たようなものじゃないか」

「違うわ。複雑なのよ」

「複雑にしたのは君のせいだけどね」

「お互い様《さま》でしょ？」

私とベルフィストのやり取りを、フレアはじとーっと見つめる。

なんだか不満そうな顔だ。

「未来の花嫁《はなよめ》だよ」

「今のところただの協力者よ」

ベルフィストと私の意見は一致《いっち》しない。彼は私に視線を向け、そこは未来の夫と言ってほしいとか軽口をたたく。私はそれを無視する。面倒《めんどう》くさいから。

「……スレイヤさん、この人やっぱり危ないと思います」

「そうね。私も思うわ」

「酷いな二人して！」

主人公としての勘《かん》かしら？

彼が危険なのは本当よ。だって彼の正体は……物語のラスボスなんだから。

「変人だけど協力者なのは事実よ」

「将来結婚することもだぞ」

「……そうね」

私の安全を守ってくれるなら、彼と結婚することに抵抗《ていこう》はない。

全ては私が、この世界で生き抜《ぬ》くために必要なこと。そう納得《なっとく》している。けど、隣で納得いかない、と顔に書いてある人がいた。

「スレイヤさんは、この人のことが好きなんですか？」

「別に」

「そんなさらっと……」

だって本音だから。好きか嫌《きら》いかで言えば、嫌いなほうだし。正直に嫌いと言わなかっただけ優しいと思ってほしいわね。

「だったら！　こんな人よりスレイヤさんにはもっと相応《ふさわ》しい人がいると思います！」

そう言って彼女は私の腕に抱き着く。まるで……。

「その相手は自分だと、言いたげな顔だな！」

「――！　そ、そんなつもりはありません！　私はスレイヤさんのお友達として、あなたみたいな人は認めません！」

「お前の許可など必要ないと思うが！」

「あります！　大切なお友達のことですから！」

二人の間でバチバチと視線が交錯《こうさく》する。

主人公とラスボス。水と油。決して混ざり合わない二つの存在を……こうして出会わせたことは失敗だったかもしれない。

「はぁ……」

この先、上手くやっていけるだろうか。不安でしかなくて、ため息をこぼした。

十分後……。

「「じー」」

「……はぁ、そろそろ始めていいかしら？」

未《いま》だににらみ合う二人に私は挟《はさ》まれていた。まったく話が進まないので、そろそろ無理やり進めたい。私が口を開くと、フレアがすっと下がる。

「そうですね。あまり遅くなると危ないですから」

「仕方ないな。お前との決着はいずれつけさせてもらおうか」

「望むところです」

「はぁ……」

何度もため息をこぼす。この二人は根本的に交わらないらしい。

穏《おだ》やかな性格のフレアが熱くなり、ベルフィストも途中《とちゅう》から口調が変わっていた。口論が白熱して、サタンの人格が強く出た証拠だ。知り合ってしまった以上、二人は今後も関わっていく。私がいる場面ならともかく、別の場所で問題が起こらないように注意しておこう。

下手をすれば主人公と魔王の対立構造が生まれる。

そうなったら、私はきっと運命の波に呑《の》まれてしまうだろう。

「スレイヤさん！　お悩みを聞かせてください」

「……そうね」

どうやって説明するか、まだ考えがまとまっていなかった。

「悩《なや》みというより、協力してもらいたいことがあるのよ」

「いいですよ！」

「まだ内容を言ってないわ！」

「なんでも協力します！　助けてもらったお礼です！」

満面の笑みで彼女《かのじょ》はそう言ってくれている。

彼女は乗り気だ。これはもう、協力を得たようなもの……ただ、どう説明する？

五人の勇者の心の隙間《すきま》を埋《う》めるために協力してほしい、とか言って伝わる？

事前知識がない状態での説明は困難だ。かといって、本当のことを話しても、何を言っているんだと信じてもらえない……。

キラキラと瞳を輝《かがや》かし、私の言葉を待っているフレアが目に入る。

なんだか信じてもらえそうな気がしてきた。けど、言うべきじゃ……。

「話してもいいいんじゃないか？」

そう言ったのはベルフィストだ。

落ち着いた様子で、普《ふ》段《だん》通りの振る舞いに戻《もど》った彼が言う。

「ここまで協力的なんだ。とりあえず事情を話せばいいと思う」

「……もしもの時は？」

「その時は……俺に任せて」

彼は静かに、私の耳元で囁《ささや》く。

「記憶《きおく》を消すことくらいできるよ。俺ならな」

「……そう」

だったら悩んでいるより、全て話してしまったほうが楽に進める。納得、というより諦《あきら》めた私はため息を一つ。

フレアと向き合い、語る。私が知っている物語を。今日まで私が歩んできた道のりを。

私が誰で、彼が何者で、あなたが何を背負っているのか。

荒唐無稽《こうとうむけい》、到底《とうてい》信じ難《がた》い話を語り聞かせた。

「私が主人公で……この人が」

「魔王だよ」

「……スレイヤさんが」

「あなたの敵、だったわ」

一人一人の役割を確認《かくにん》するように、彼女は顔を見合わせる。

信じれないだろう。いきなりへんてこな話をされて混乱している。

無理もない。今日はここまでにして、彼女が納得できたら先の話をしよう。納得できない時は……仕方ない。

ベルフィストの出番だ。

「わかりました！」

「……え」

「わかったの？」

「はい！　よくわからなかったですけど」

「どっちなんだい……」

呆《あき》れるベルフィストと違い、私はただ驚いていた。

困惑の表情が消え、いつも通りの明るく元気な彼女に戻っている。あんな話を聞かされた後なのに、私を見る眼が……変わっていない。

「信じてくれるの？」

「もちろんです！　スレイヤさんが嘘《うそ》を言っていないことは、なんとなくわかります」

「……馬鹿げた話よ。笑われても何も言えないわ」

「笑いませんよ」

フレアは目を伏《ふ》せる。思いを言葉に込《こ》めて、ゆっくりと口を開く。

「お友達が真剣《しんけん》に話してくれた秘密です。笑ったりなんかしません」

「――」

こういうところだ。彼女が多くの人に好かれ、信頼《しんらい》される所以《ゆえん》の一つ。誰かの本音を疑わない。たとえ馬鹿げた絵空事でも、本気で受け止めてくれる。

底のないやさしさに、勇者たちは惹《ひ》かれ、救われた。私はそれを、誰よりも知っている。

「そういう……人だったわね」

私のほうが笑ってしまう。

感動するほどに、彼女はあの物語の主人公そのものだ。けど、だからこそ……。

「今の話をいきなり信じるんだな。君、見た目に反していかれてる？」

「変人に言われたくありません」

「……」

この二人は本当に、一生気が合わないのだろうと確信した。

二人はどこまでいっても、主人公とラスボスだ。

「はぁ、信じてくれてありがとう」

「どういたしまして！」

「それじゃ、理解した前提で話すわよ」

「はい！」

彼女は元気よくハッキリ返事をした。私はこれからの方針について語る。

私たちの目的は、勇者たちの中にある魔王の力の一部を回収すること。

そのためには彼らの心の隅間を埋める必要がある。それができるのは、主人公であるフレアだけだと考えている。

「私がみんなと仲良くなって、お悩みを聞いて解決すればいいんですね！」

「それだとダメなのよ。みんながあなたを好きになったら、その時点で失敗だわ」

「好きになるんでしょうか。正直そこは信じられなくて……物語の勇者さんたちは、私のどこに惹かれたんでしょう」

「こいつ……」

隣《となり》でベルフィスト、というよりサタンがイラついたのが伝わった。

言いたいことはわかる。この無自覚なところも、彼女の特徴《とくちょう》の一つなんだ。

彼女は勇者たちから向けられる好意に、物語の後半までほとんど気づかない。告白されるまで気づかなかった鈍感《どんかん》主人公だった。

その属性は、目の前の彼女にも当てはまるらしい。

「だからこそ、フレアにはあまり彼らと接触《せっしょく》してほしくはないの。するなら最低限、仲を深めるより早く、彼らの問題を解決するわ」

「なるほど……えっと、結局私はどうすればいいんですか？」

「そうね。基本的には私と一緒《いっしょ》にいてもらうわ。そのほうが場をコントロールしやすいし」

「わかりました！　スレイヤさんと一緒にいられるのは嬉しいです！」

弾けるような満面の笑みでそう言い、私の手を握ってぶんぶんと振る。

飼い主と一緒にいられて喜ぶ犬みたいだ。

今の私ってこんなに好かれているの？

友人の好意にしては……度が過ぎているような……気のせいよね。

「誰から行く？」

ベルフィストが尋《たず》ねる。

「そうね。一人、ちょうどよさそうな相手がいるわ」

タイミング的にもバッチリだ。彼なら、私の力で問題を解決できるかもしれない。

その人物は……。

「ライオネス、彼から行きましょう」

◇◇◇

ライオネス・グレイツ。五人の勇者の一人であり、由緒《ゆいしょ》正しきグレイツ家の嫡男。これまで数多くの優秀《ゆうしゅう》な魔法使いを輩出《はいしゅつ》してきた実績を持つ家に生まれ、彼もまた魔法使いとしての才覚に目覚める。

その才能は歴代最高とも呼ばれ、期待されていた。それ故に、彼は自信家である。他者を見下し、自身を絶対とする性格は、どこか魔王を髣髴《ほうふつ》とさせる。彼は五人の勇者の中で最もプライドが高い。だからこそ、扱《あつか》いやすい。

「スレイヤ・レイバーン！　昨日の決着を付けさせてもらうぞ！」

「……やっぱり来たわね」

翌日の朝。私が学園に向かうと、ライオネスが待っていた。

顔を見れば用件なんて口に出す前にわかる。とても怖《こわ》い顔をしているから、他の生徒たちも避《さ》けて通るほどだ。

「昨日は邪魔《じゃま》が入り中断されてしまった。今日こそはお前に本物の強さを見せてやろう」

「いいわよ。じゃあお昼、場所は同じでいいかしら？」

「ああ、構わない」

「ふふっ、今度はちゃんと許可を取っておいてね」

決闘は受理された。

私は悠々《ゆうゆう》と彼の隣を通り過ぎる。睨まれている視線を感じながら、それを気にしないフリをして。

◇◇◇

「決闘を申《もう》し込まれたわ」

「スレイヤさんの言っていた通りになりましたね」

「だから言ったでしょう？　わかりやすいのよ、彼は」

授業の合間にフレアと話す。懸念《けねん》していた勇者たちとの接触も、今のところ避けられていた。

ライオネスとは決闘の件があるから、向こうから慣れ慣れしく接してくる心配はない。

メイゲンはライオネスと基本一緒にいる。アルマは私のことを避けているし、ビリーは授業を受けず今頃《いまごろ》は図書室にいるでしょう。

唯一《ゆいいつ》セイカは私には把握《はあく》できない。彼の対処は、友人キャラのベルフィストに任せよう。

「お昼は私も一緒にいていいんですよね？」

「ええ、その後にことがあるわ」

「わかりました！」

「……本当によかったの？」

私は尋ねる。彼女にはもう、ライオネスが抱《かか》える問題を教えてある。

問題を解決する方法も。それには、フレアの存在が不可欠だということを。

彼女の言葉ではなく、彼女の存在がいる。

「間違《まちが》いなくあなたは傷つくわ」

「大丈夫です！　馬鹿にされるのは慣れっこですから」

「……そう」

そういう風に言えることが、あなたの強さね。

私は彼女を利用する。自分自身のために。そう決めた私が、ブレるところだったわ。

あっという間に時間が過ぎ、お昼休みになる。

待ちに待った時間だろう。私より、彼にとって。雪辱《せつじょく》を果たす舞台《ぶたい》は整った。

「逃げずに来たか。まずは褒《ほ》めてやろう」

「こっちのセリフよ」

私は彼の周囲を見渡《みわた》す。見たところ一人のようだ。

「メイゲンは一緒じゃないの？」

「ふんっ、あいつは小言がうるさいから置いてきた」

「そう」

と言いながら本心は、昨日の戦いのように巻き込まれてしまわないように……でしょ。

ライオネスがメイゲンを友人として大切に思っていること、私は知っているのよ。それに、この後の展開を考えたら、一人のほうが好都合よ。

私は一人で納得し、ライオネスに尋ねる。

「ルールは昨日と同じでいい？」

「ああ、だが、お前は外に出て行け」

ライオネスはフレアに忠告する。

案外彼女にも優しい。それもまた、彼らしいのだけど。

「大丈夫です。自分の身は自分で守れます」

そう言って彼女は自らに光の結界を展開させる。

「……そうか。ならこれ以上は言わない。始めようか」

「ええ」

ライオネスの敵意が、私に向けられる。

昨日より静かで、鋭《するど》い。集中している。私のことを、明確に敵だと認めているんだ。

「いくぞ！　フレアランス！」

彼《かれ》の背後に炎《ほのお》を圧縮して形成した槍《やり》が浮《う》かぶ。

数は十二。鋭い攻撃が私に放たれる。私は昨日のように、同質の力で相殺する。と、爆発の後ろからさらに炎の槍が飛んでくる。

私は咄嗟《とっさ》に飛び避ける。

「へえ……」

最初の攻撃は囮《おとり》で、本命は爆風《ばくふう》で視界を断ってからの攻撃だったのね。

考えている。私を倒《たお》すために工夫《くふう》を凝《こ》らしている。

昨日とは明らかに違う。けど、そんなの関係ないわ。

「頑張《がんば》っているみたいだけど、無駄よ」

悪いけど、今日は圧倒《あっとう》させてもらう。

見せつけるために。

「バーンフィスト」

高密度に圧縮された炎の拳《こぶし》。その拳は、私の動きに連動して動く。私が拳を振《ふ》るえば、炎の拳も対象に殴《なぐ》りかかる。

「フレアウォール！」

ライオネスは炎の壁《かべ》で防御《ぼうぎょ》する。が、そんなもの突《つ》き抜ける。

同じ炎の魔法《まほう》でも、練度も密度もこちらが上だ。

「ぐっ」

攻撃を受けて吹《ふ》き飛ぶ。すぐに体勢を立て直す彼に、休む間も与《あた》えない。

「アクアランチャー」

今度は水の砲撃《ほうげき》を繰《く》り出す。ライオネスは転がって回避《かいひ》する。防御は不可能だと悟《さと》り、回避から反撃《はんげき》の隙《すき》を狙《ねら》う。ただし当然、そんな隙は与えない。

「ライトスパーク」

「ぐ、あ！」

放電が濡《ぬ》れた地面を伝わり、ライオネスの両足から流れる。

痺《しび》れた身体を震《ふる》わせ倒れ込む。

「っ、まだ……」

「ストーンエッジ」

「がはっ！」

立ち上がろうとする彼に追い打ちをかけるように、地面を変形させて突き上げる。豪快《ごうかい》に飛び上がり、転がり落ちる。容赦《ようしゃ》はしない。倒れてせき込む彼の元に歩み寄り、見下ろしながら言う。

「あなたでは私に勝てないわ」

見せつけるように。私と彼の、力の差を。

どれだけ工夫を凝らしても、彼では私に勝てない。単なる力の差だけではない。私は彼のことを知っている。おそらく今の彼以上に知り尽《つ》くしている。

彼の戦い方、考え方の傾向《けいこう》、どういう手段を用いるのかも。そして未来で、どんな勇者に成長するのかさえ知っている。

知識は時に、技術以上に戦いを優位にするものだ。言ってしまえば、私はずっとズルをしている。カンニングしながらテストを受けている。

彼には悪いけど、今の彼が私に勝てる可能性は限りなくゼロだ。

「く、そ……オレはまだ……」

「あなたの負けよ。これ以上続ければ命に関わるわ」

「知った……ことか」

ボロボロになりながら彼は立ち上がる。力を振り絞《しぼ》り、何かに引っ張られるようにして。

「オレは負けられない。誰にも……何にも……」

「呆れたわ。その根性《こんじょう》は認めてあげる。けど」

立ち上がった彼のおでこを、私は軽く突き押《お》す。

「終わりよ」

「っ、く……」

そのまま力なく、彼は仰向《あおむ》けに倒れ込んだ。

「フレア！　彼の治療《ちりょう》をお願いしてもいいかしら？」

「はい」

フレアが駆け寄り、ライオネスの傷を癒《いや》そうとする。

「構うな。必要ない」

それを彼は否定する。けど、フレアは動じない。

「ダメです。傷だらけなんだからじっとしていてください」

「貴様……」

「凄《すご》まれても怖くありませんよ」

「……くそ、平民のくせに」

「そうですね、私は平民です。でも……今は同じ学園の仲間ですから」

「仲間……」

ライオネスは意外そうに眼を大きく開く。フレアが自分のことを仲間だと思っていることに驚《おどろ》いたのだろう。彼は、自分が彼女に酷いことを言ったという自覚がある。だから、嫌われていると思っていたはずだ。

それも一つの強さだと、彼に伝わるだろうか。

さて、傷を癒している間に、私も自分の仕事をしよう。

「ライオネス、あなたはどうして強さを求めるの？」

「なんだ？」

「質問よ。傷つくことを恐《おそ》れず立ち上がった……それはなぜ？」

「決まっている。オレが……誇《ほこ》り高きグレイツ家の男だからだ」

彼はハッキリと言い切る。そう言うだろうと、最初からわかっていた。

私は鼻で笑う。

「くだらないわね」

「なんだと？」

「プライド、メンツで手に入る強さなんてたかが知れているわ。それじゃあなたは一生、強くはなれない」

「貴様……」

「なれないのよ？　あなたの父親のようには」

「――――！」

治療していたフレアが驚いて後ずさる。

ライオネスは驚きのあまり、思わず上半身を起こした。

「……なぜ、父上の名が出る」

「知りたい？　だったら、私たちを父親の元に案内しなさい」

「どういう意味だ？　なぜそんなことをする必要がある」

「あなたが本物の強さに気付くためよ」

遠回しな言い方なのは自分でもわかっている。ただ、これ以上は語れない。語るべきは私の口じゃない。

私とライオネスはじっと視線を合わせ続ける。

「拒否権《きょひけん》なんてないわよ？　敗者は勝者に従う。そういう約束でしょ？　つべこべ言わず、私たちを父親の元に案内しなさい」

「……いいだろう。お前の思惑《おもわく》に乗ってやる。ただし……後悔《こうかい》するなよ」

彼《かれ》は戦う前と同じセリフを口にする。だけど、意味合いが違うことも、その言葉を向けた先が、私ではないこともわかっている。

◇◇◇

放課後。私たちはライオネスの屋敷《やしき》に招待されることになった。多少強引《ごういん》だったけど、目的は達成している。今のところ順調だ。

「ここだ」

「お、おっきい……」

グレイツ家の屋敷を見て、フレアが口をポカーンと開けている。

貴族出身の私たちには見慣れた光景だけど、平民の彼女には異世界のような感覚かもしれない。

「ライオネス君はここに住んでるんですか？」

「そうだ。ところで……そっちの男は誰だ？」

「この流れは定番なのかな？」

「あなたの印象が薄《うす》いだけですよ」

相変わらずベルフィストには辛口《からくち》なフレアだ。ライオネスの屋敷には彼も同行している。

理由はもちろん、力の一部を回収するために。彼曰《いわ》く、解放された時になるべく近くにいないとダメらしい。

「初めましてだね、ライオネス君。俺はベルフィスト・クローネ。彼女の婚――」

「ただの知り合いですよ」

遮《さえぎ》ったのはフレアだった。二人は顔を近づけてにらみ合う。

こうしてみると、逆に仲がいいように見えてしまうのは不思議だ。

「まぁいい。貴族なら問題ないだろう」

「それはよかった。ところで、貴族でないといけないのかな?」

「当たり前だ。一人でも十分だというのに、二人も平民を連れてきては父上の怒りを買う」

ライオネスが暗い表情を見せる。

理由は言わずともわかる。彼の父、インガ・グレイツは……平民嫌いで有名だ。

屋敷の中に案内され、そのまま当主がいる部屋にたどり着く。

学園では威張《いば》っている彼が、身なりを気にして礼儀《れいぎ》正《ただ》しく振舞《ふるま》おうとしているのは、少々新鮮《しんせん》だった。

トントントンと、ドアをノックする。

「父上、ライオネスです」

「――入れ」

許可を得て、私たちは中へと入る。

「失礼します、父上」

「何か用か？　ライオネス――！」

私たちの存在にインガは気づく。少しだけ驚いて、静かに笑う。

「珍《めずら》しいな。お前がメイゲン以外の友人を連れてくるとは……」

「申し訳ありません。お忙《いそが》しい時に」

「構わん。それで、何の用だ」

「それが……」

ライオネスは困った顔を見せる。

彼は理由を知らない。だから、ここからは私の出番だ。

「用事があるのは私です。インガ公爵《こうしゃく》」

「君は……」

「私はスレイヤ・レイバーンと言います」

「レイバーン家のご息女か。会うのは初めてだな。私に用事があるというのは？」

「お聞きしたいことがございます。その前に」

私はわざとらしく、二人に視線を向ける。

「私以外の友人を紹介《しょうかい》しましょう」

「俺からかな？　お初にお目にかかります。私はベルフィスト・クローネです」

彼は手慣れた態度と口調で自己紹介をする。さすがに貴族、慣れている。そしてもう一人に視線を向ける。

「わ、私はフレアです！　よろしくお願いします！」

彼女の自己紹介を聞いて、インガ公爵は眉《まゆ》をひそめる。

「家名はなんだね？」

「えっと、ありません」

家名がない。すなわち、彼女が平民であることの証明だ。

インガ公爵の目の色が明らかに変わる。鋭く、冷たくなる。

「ライオネス、どういうつもりだ？　なぜ平民を連れてきた」

「申し訳ありません」

ライオネスが萎縮《いしゅく》している。それほど、父親の存在は彼にとって大きい。

今の彼を作ったのは、紛れもなく父親の教育だ。

「そこです。私が知りたいのは」

「なんだと？」

「無礼を承知でお尋ねします。インガ公爵、あなたはどうして……そんなにも平民を恨《うら》んでいるのですか？」

「――――！」

一瞬《いっしゅん》で場が凍《こお》り付く。触《ふ》れてはならない場所に触れた。入るなと書かれた部屋に、土足で踏《ふ》み入った感覚。理解した上だ。

この質問が、彼にとってどういう意味を持つのか。私がどう見られるのか。

「スレイヤ・レイバーン。今の質問に、どんな意図がある」

「意図はありません。ただ……興味です」

「貴様……私をからかっているのか？」

「そんなことはありません。純粋《じゅんすい》に知りたいだけです」

私の発言はインガ公爵を煽《あお》る。

どんどん嫌われる。でも、これでいい。絞り出すんだ。彼の本音を……そのためなら、嫌われることに躊躇《ちゅうちょ》はない。

「インガ公爵は平民嫌いで有名ですよ。それはもう……嫌いという範疇《はんちゅう》を超《こ》えているとも聞きます。嫌いなのではなく、憎《にく》んでいるのではありませんか？　例えばそう、過去に何かあったとか」

「……何が言いたい？　何を知っている？」

「私は何も知りません。だから知りたい……と言っても、私よりも、彼のほうが知りたがっているはずです」

語りながら、私が視線を向けたのは……。

「違《ちが》うかしら？　ライオネス」

「――！」

私は彼の心の内を知っている。

反則みたいな方法だけど、知っている情報は上手《うま》く使わせてもらうわ。

「ふんっ、くだらんな。そんなこと決まっている。我らは誇り高き貴族だ。平民と貴族では生まれた時点で何もかも違う！　地位も権力も、将来も含《ふく》めて……同じ人間として扱われることを不快に思って、何がおかしい？」

「おかしくはありません。ただ、あなたの敵意は普通《ふつう》じゃありません。今も……隠《かく》しきれていませんよ？」

私に対してではない。気づいてからずっと、彼はフレアに対して敵意をむき出している。

敵意なんて生易しいものじゃない。

あれは殺意だ。こうなることは理解した上で彼女を連れてきたけど、やっぱり心苦しさはある。

フレアは怖くて震えている。

「大丈夫《だいじょうぶ》です」

そう言って彼女は無理して笑う。

結論を急ごう。

「本当に貴族としてのプライドですか？　違うはずです。あなたは何かを隠している。息子《むすこ》であるライオネスにも伝えていないことを」

「貴様……何者だ？　その口ぶりは、知っているのか？」

今の一言で、隠し事《ごと》があるのは確定した。

ここまで来ればあとは単純だ。

「どうでしょう？　ただ、憶測《おくそく》を語ってもいいのなら、私の口からお伝えしましょうか？」

「……」

インガ公爵は私のことを睨《にら》む。

私は目を逸《そ》らさない。不敵に笑《え》みを浮かべ、彼《かれ》を脅《おど》すように見続ける。

そしてようやく……。

「はぁ、いいだろう」

彼が折れた。ここから先は、ただの答え合わせだ。

私も聞く側に回る。

「ライオネス、お前の母は……平民に殺された」

「——なっ、父上……それは」

「事実だ。お前には事故と伝えていたが……真実は違う」

彼は語る。インガの妻であり、ライオネスの母、ミスティア・グレイツは優《すぐ》れた治癒魔《ちゆま》法《ほう》の使い手だった。

その力を買われ、各地の戦地へ赴《おもむ》き多くの人の命を救った。

彼女は誰《だれ》よりも優《やさ》しかった。だからこそ、裏切られた。

王国に反旗を翻《ひるがえ》した平民の一群が壊滅《かいめつ》し、生き残った者たちは降伏《こうふく》した。

そんな彼らを彼女は癒した。

間違いを正し、これからは正しく生きてほしいと。しかし傷が癒《い》えた途端《とたん》彼らは暴れ出し、その場にいた者たちを惨殺《ざんさつ》した。

彼女も……犯《おか》され、殺されたという。

「そんな……だから……」

この真実を知るのは、本来ならばライオネスのルート終盤《しゅうばん》、最終決戦の前日に、フレアとの婚約《こんやく》をかけて父と対決した時にわかる。

平民であるフレアを認めない父親に、ライオネスは初めて真正面から反発した。自分の惚《ほ》れた相手を侮辱《ぶじょく》されたことに彼は怒った。

彼は熱い男だった。間違いなく、五人の勇者たちの中で一番、感情が高ぶりやすくてまっすぐだった。

そんな彼が父親とぶつかり、父親の隠された本音と、母の真実を知った。それを知った上で、ライオネスはフレアを選んだ。

父の思いを受け入れ、それでもフレアへの思いは変わらなかった。

私は仮定を大いにすっ飛ばし、結論だけを手に入れるためライオネスと共にここへやってきた。強引ではあったけど、成果は出た。

ライオネスも理解したらしい。

父親がなぜ、そこまで平民を敵視するのか。

「ずっと……疑問だった。父上は……母上の話をまったくしてくれない。オレも……聞いてはいけないことだと思って……黙《だま》っていた」

「……あの頃《ころ》、お前はまだ子供だった。伝えるべきではないと判断した」

「父上……」

「これで理解したはずだ。平民など社会のゴミだ。存在するだけで罪、関わるべきじゃない」

彼の平民に対する恨みは深く、暗い。

どんな言葉をかけようとも、彼が平民を許すことはない。でも、だからこそ、彼女《かのじょ》が口を開く。

「――そう思うほど、奥《おく》さんのことが大好きだったんですね」

優しい声で、傷ついた心を癒すように。

主人公のフレアが口にする。

「貴様に何がわかる？　平民の貴様に」

「平民にも両親はいます。私にも大好きなお父さんとお母さんが……もし、二人に何かあったら……私は悲しい。でも、二人は生きているから、私にはわかったなんて言えません。ただ……大好きな気持ちはわかります」

そう言いながら、彼女はライオネスに語り掛《か》ける。

「ライオネス君も、そうですよね？」

「……ああ、そうだな」

強張《こわば》っていた彼の身体から、すっと力が抜《ぬ》けていく。まるで氷が暖かな日差しにゆっくり溶《と》かされるように。

「今、わかった。父上がどうして強いのか……」

一瞬、彼は私に目を向けた。何か言いたげだったけど、私は目を逸らす。

それは私じゃなくて、本人に伝えるべきだ。どうぞ、と譲《ゆず》るように。

「父上は、オレのことを守ろうとしてくれていたんですね」

「ライオネス……」

「オレは……それに気づけなかった。父上のように強くなりたいと……足りないわけだ。オレには、強さを求めるだけの理由がなかった」

彼が抱えていた問題。それは、亡《な》き母親の真相を知ることと、強さの意味を知ること。

彼は重要なことを何も知らなかった。知らされず、ただ漠然《ばくぜん》と力を求めていた。

そこに隙間《すきま》は生まれた。故に単純だ。知ってしまえばいい。

真実を、父親の強すぎる思いを。そうすれば……満たされるはずだ。

「――来た」

ぼそりと、ベルフィストが呟《つぶや》く。

私には見えない何かを目で追っている。おそらく、彼の中から力の一部が放出されたんだ。

「ありがとう、父上。今まで、母上の分までオレを守ってくれて」

「……」

「けど、もう大丈夫です。オレはもう、子供じゃない。父上の教えは忘れない。その上で、自分でよく考えます。何が正しくて、何が間違いなのか」

「……そうか」

心の隙間は、些細《ささい》なことで生まれてしまう。逆に埋《う》まることも、些細なきっかけがあればいい。

簡単だけど、難しい問題だ。

「ありがとうございました」

「……礼を言われることではない。親が子を案じるのは……当然のことだ」

彼の中にある憎しみは、永遠に消えないだろう。ただ、それでも……彼は悪人じゃない。妻を失い、残された息子を必死に守ろうとしていただけの……父親だ。

第五章

「礼を言わせてもらおう」

「あら？　意外ね。あなたからお礼を言われるなんて思っていなかったわ」

私は意地悪な笑みを見せる。すると、ライオネスは小さくため息をこぼして言う。

「オレとて悩《なや》んだ。が、やはり感謝するべきだ。お前の行動のおかげで、父上と向き合うことができた。長年疑問だった母上のことも……知ることができた。感謝している」

彼はまっすぐに私の前に立ち、ゆっくりとお辞儀《じぎ》をした。

礼儀正しく、横柄《おうへい》な態度など消え去って。

「お礼は必要ないわ。私は、私の目的のためにそうしただけよ」

「……目的、か」

彼はゆっくりと頭をあげ、私のことを見つめる。

訝《いぶか》しみ、疑問を抱《いだ》く。

「結局、お前はなんのために父上をたきつけたんだ？」

「教えるつもりはないわ」

「だろうな。わかった上で聞いた」

そう言って彼は笑う。憑《つ》き物が取れたような清々《すがすが》しい笑顔《えがお》だ。

フレアと結ばれ、男として成長した彼が作中で見せた笑顔も、きっと今みたいに綺麗《きれい》だったのだろう。

「興味がないと言えば嘘《うそ》になるが……今はそれよりも、オレにとって戦う理由はなんなのか。それを早く見つけたい」

何かのために強くなる。強さには相応《ふさわ》しい理由がいる。見栄《みえ》、プライドが悪いというわけじゃない。

ただそれ以上に、大切な何かを守るために求める強さのほうが強いだけだ。

人間は手を伸《の》ばし続ける。届かない理想に追いつきたくて。誰だってそうだ。

私も……エンディングを超えた未来を目指している。

「フレア、お前にも礼を言っておこう」

「私は何もしてませんよ？」

「いや、父上に言ってくれただろう？　母上を大切に思っていると……あの言葉がなければ、オレは父上の真意に気づけなかったかもしれん。礼を言う」

「あははは っ、お役に立てたならよかったです」

フレアは嬉《うれ》しそうに明るく笑う。お礼を口にしたライオネスは、少々申し訳なさそうだ。

その理由はハッキリしている。

「すまない。正直オレはまだ……平民を好きになれない」

「わかっています。お母さんのこと……すぐには呑《の》み込《こ》めませんよね」

「……ああ」

彼の父インガも、この先ずっと平民を恨み続ける。

私やフレアがどんな言葉をかけようと、本当の意味で彼の心には届かない。もし変えられるとすれば……肉親であるライオネスだけだ。

その彼も、平民を許せはしないだろう。特に今は、真実を知った直後だ。

大切な存在だったからこそ……。

「だが、オレも子供じゃない。平民だから悪いのではなく、悪い奴《やつ》が平民だった……ということはわかっている。だから……いずれちゃんと謝《あやま》ろう」

「私にはいいですよ。悪いことされてませんから」

「いや……そうか」

十分にひどい暴言を吐《は》き捨てた。

後悔しているライオネスと、本当に気にしていなさそうなフレア。ライオネスは呆《あき》れて笑う。

「これからもよろしく頼《たの》む。フレア」

「はい！　こちらこそ」

二人の関係は深まった。けど、恋《こい》に発展するほどじゃない。

私が間に挟《はさ》まった影響《えいきょう》で、友人になった程度で留《とど》まっている。順調だ。

「それから……」

ライオネスは最後に、私とフレアの後ろについて歩く彼に視線を向ける。

父親との話の場にベルフィストも同席した。私とフレアが各々《おのおの》の役割を果たし、そして彼は……。

「いや、お前は何もしていなかったな」

「そうだね。俺は見ていただけだよ」

何もしなかった。というより、何もする必要がなかった。

彼の役目は話に介入《かいにゅう》することじゃない。ただ、その場に居合わせることだったから。

ライオネスもさすがに、ただ一緒《いっしょ》にいただけの男に感謝はしないようだ。

「なぜこの男は一緒にいたのか……それが一番疑問なんだが……」

「気にしなくていいわよ」

「そうそう、気にしなくていいよ。俺のことは動く壁だとでも思ってくれ」

「面白《おもしろ》い表現ですね！　でも壁さんならしゃべっちゃダメですよ？」

ニコニコ顔で煽るフレア。ベルフィストとフレアは顔を突き合わせて睨み合う。

一触即発《いっしょくそくはつ》な雰囲気《ふんいき》を感じて、ライオネスが困惑《こんわく》する。

「おい、あれは大丈夫なのか？」

「放っておけばいいわ。いつものことよ」

「そうか……」

ライオネスは小さく息を吐き、呼吸を整える。

「スレイヤ、お前には大きな借りができた。もしオレの力が必要になったら遠慮《えんりょ》なく頼《たよ》ってくれて構わないぞ」

「そう？　じゃあさっそく、一つお願いしてもいいかしら？」

「なんだ？」

私はニヤリと笑みを浮かべる。こそっと耳元で、ライオネスにお願いをする。

驚いた横顔を見せて、ライオネスは私から顔を離《はな》す。

「どう？」

「断る！」

彼はハッキリと断った。

「――と、言いたいところだが、オレはお前に負けている。敗者は勝者に従うものだからな」

「そうよ。拒否権なんてないわ」

「ふっ、いいだろう。その要求を呑む。いささか疑問はあるが、お前はオレが知らないことを知っている。意味はあるのだろう？」

「ええ、ちゃんとあるわ」

ライオネスはニヤリと笑う。

これで、次への布石を打つことはできた。

「オレからも一ついいか？」

「何かしら？」

「この先……オレが強くなる理由を見つけられたら……また戦ってくれ」

「……いいわよ。焚《た》きつけたのは私だもの」

こうして、ライオネスの問題は解決した。

◇◇◇

翌日。私とフレア、ベルフィストはお昼の時間に中庭で集合する。

用意してきたお昼ご飯を食べながら話し合う。

「結局どうだったの？」

「ちゃんと回収はできたんですか？」

「もちろん。力の一部はここに戻《もど》ってきたよ」

トントン、とベルフィストは自分の胸を叩《たた》く。昨日の一件でライオネスの問題は解決し、彼に宿っていた魔王《まおう》の力は回収された。

私やフレアには力の移動は見えない。

本当に問題は解決したのか、心の隙間が埋まったのか。魔王本人である彼にしか、真偽《しんぎ》は確かめられない。

一先《ひとま》ず、成功したことに安堵《あんど》しよう。

「でも驚いたな。こうもあっさり回収できるなんて」

「簡単に見えたのは、私が答えを知っていたからよ」

彼らが何に悩み、何を抱《かか》えているのか。

私は物語に触れ、何度も読み返すことで熟知している。どうやって解決したのかも。問題の答えと、そこにたどり着くための道程を知っているのなら、それを見習えばいい。

「普通はもっと難しいわ。悩みなんて、誰にも構わず教えたりしない。信頼《しんらい》され、信用されて……やっと知る。そこからどうすれば解決するか考えないといけない」

もしも何も知らない状態なら、こうもあっさり解決なんてできなかった。

私がやっているのはインチキだ。答えを見ながら問題を解いているだけだから。問題を探す苦労も、考える苦労もない。

その苦労をちゃんとして、問題と向き合い解決した……。

「フレアが凄いだけよ」

「ふえ？　私は何もしてませんよ？」

昼食を頬張《ほおば》っていたフレアが変な声を出して振《ふ》り向く。

キョトンとした顔は主人公らしく可愛《かわい》らしい。

「頑張《がんば》ったのは物語の中の私？　ですから」

「そうね」

私からすれば、どちらも同じフレアなのだけど。もし私が何もしなければ、きっとこの世界でも……彼女が問題を解決していたはずだ。

そう思わせる凄さが彼女にはある。インガに伝えた一言も、私からお願いしたことじゃない。

私が頼んだのは、ただその場にいること。口に出したのはアドリブだ。

あの瞬間《しゅんかん》に、私は彼女が主人公なのだと再確認《かくにん》させられた。

味方に付けられてよかったわ。

「ところで、スレイヤさんのお弁当は誰が作ってるんですか？」

「使用人よ。自分でも作れるけど、今の私は令嬢《れいじょう》だから」

昔は修行《しゅぎょう》の合間にこっそりキッチンに侵入《しんにゅう》して、適当に軽食を作ったりしていた。

村娘《むすめ》だった頃の経験が活《い》きている。簡単な料理なら私にも作れる。

「お、じゃあ今度俺の分を作ってきてくれないか？」

「嫌《いや》よ」

「即答《そくとう》か！　まぁわかってたけど」

ベルフィストはパンを口に運ぶ。三人ともそれぞれのお弁当を持参した。

これから作戦会議は昼休みにやる。こういう風景も続くだろう。

「フレアは、自分で作っているのよね」

「そうですよ！　こう見えてお料理は得意なんです！」

「知ってるわ」

フレアが持っている特技の一つ。屋敷の料理人顔負けの料理が作れることも、彼女の魅《み》力《りょく》だ。

「もしよかったら、スレイヤさんの分のお弁当も作ってきましょうか？」

「そうね。今度お願いするわ」

「やった！　頑張っちゃいますよー！」

「ふふっ、あなたが喜ぶのね」

作ってもらうのは私なのに。

「あ、ベルさんの分はないですからね」

「まだ何も言ってないが」

フレアから彼《かれ》への意地悪。いつの間にか、彼のことを愛称《あいしょう》で呼ぶようになっていた。

なんだかんだで上手くやっている……のかな？

「ベル、ね」

「君もそう呼んでくれていいぞ？」

「……そうするわ。ベルフィストって言い難《にく》いし」

「人の名前に文句を言わないでほしいな……」

他愛《たわい》のない会話で盛り上がり、昼食を済ませる。

残り時間は話し合いだ。

「次はどうする？　スレイヤ」

「もう決めているわ。次の狙《ねら》いは……メイゲンよ」

メイゲン・トローミア。ライオネスの親友であり、彼自身も勇者の一人。私は彼を次なるターゲットに見据《みす》えていた。

「一応、理由を聞こうか」

「単純よ。彼がライオネスの親友だから」

私は説明を続ける。ライオネスの問題が解決したことで、少なからず彼に変化が生まれる。その変化は、もっとも近くにいる友人にも影響を与《あた》える。

特にメイゲンの場合は、それが色濃《いろこ》く表れる。

後回しにすれば、メイゲンは必ずライオネスの変化に気付き、彼自身にも変化が生まれるかもしれない。

「変化が生まれる前に解決したいのよ。余計なことを考えられても困るわ」

「なるほど、理解した！」

「メイゲン君の抱える悩みって何なんですか？」

フレアが私に尋《たず》ねる。

この場で知らないのは彼女だけだ。

「それも、ライオネスに関係しているのよ」

「ライオネス君に？」

私は彼女にも、メイゲンが抱えている問題について教えた。ライオネスの問題よりもわかりやすく、単純だ。

今回はもっと簡単に進められると思う。

なぜなら……。

ライオネスの協力を得られたから。

◇◇◇

翌日の朝、私たちはその場面に出くわす。ライオネスとメイゲン、二人の男が向かい合っていた。

「メイゲン、お前はどうしてこうも情けないんだ」

「え……ライオネス？」

真剣《しんけん》な顔で見下ろすライオネスと、困惑するメイゲン。

二人の会話を、私たちは隠れて見守る。

「ほ、本当に大丈夫なんですか？」

「大丈夫よ」

「ものすごく険悪な雰囲気になっちゃってますよ」

「あれでいいのよ」

彼らが対面しているのは見知った中庭。私たちは茂《しげ》みに隠れて彼らを見守っている。

二人の様子を見て不安そうに、フレアが何度も確認してくる。そうしている間にも、二人の会話は進む。

「きゅ、急にどうしたのさ？　ライオネス、ボク……何かしちゃったかな？　だったら謝るから、ごめんなさい」

「……はぁ」

謝るメイゲンに、ライオネスは大きくため息をこぼす。

ライオネスの瞳《ひとみ》は未《いま》だ冷たいままだ。

「そういうところだぞ、メイゲン」

「え？」

「メイゲン、お前はなんだ？」

「な、何って……ボクはボクだよ？」

「違う。お前は、オレにとって何なのかと聞いている」

ライオネスの質問に、メイゲンは怯《おび》えながらも首を傾《かし》げる。

「そんなの、友達じゃないのかな？」

「友……か」

ライオネスは不敵に笑う。

その笑みに、メイゲンはビクッと反応する。

「ライオネス？」

「笑わせるな」

そうして、再びライオネスは彼を見下ろす。

身長差の話ではない。態度が、視線が、口調が、まるでかつて平民に向けられていたように……。

「平凡《へいぼん》な貴族の生まれ、明確な役割もなく、使命もなく、ただ言われた通り学園に通う……その程度の奴、どこにでもいる。メイゲン」

ライオネスは指さす。

メイゲンの顔を。

「お前はその中の一人だ」

「何を言って……」

「そんな男と友人だと？　オレを馬鹿にするのも大概《たいがい》にしてもらおうか」

「えっと……」

困惑するメイゲンに、ライオネスはため息を漏《も》らす。

「まだわからないのか？　ならばハッキリ言おう」

「……」

「オレはお前を、友だとは思っていない」

「――――！」

ライオネスは言い切った。ハッキリと、偽《いつわ》りなく本人に向けて。酷《ひど》く辛い言葉を……。

それを、私たちは見守っている。

「ちょっ、ちょっと本当に大丈夫なんですか？」

「あれでいいのよ。私がお願いした通りだわ」

「スレイヤさん？」

「……必要なことなのよ。彼にとって……ライオネスと向き合うことは」

フレアにも事情は説明してある。

メイゲンが抱える問題も。それでも不安に思うのは仕方がない。だって、この光景はあまりにもショッキングだ。

「ライオ……ネス？」

「じゃあ、メイゲン」

「ま、待ってよ！」

立ち去ろうとするライオネスを、メイゲンは引き留める。ピタリと止まったライオネスだが、未だ背を向けたままだ。

「意味がわからないよ！　いきなりそんなこと言われて、納得《なっとく》できるわけないじゃないか！」

「納得も何もない。事実だ」

「ならどうして、今まで言ってくれなかったの？　ずっと、友達のフリをしていたの？」

「それはお前に……いや」

何かを言いかけ、ライオネスは飲《の》み込む。

それでいい。その言葉を言ってしまえば、この話は振り出しに戻ってしまう。

彼は耐《た》え、ゆっくり振り返る。

「まだ、友でありたいと言うのか？」

「あ、当たり前だよ。ボクは――」

「なら、証明してみせろ」

パチンと、ライオネスが指を鳴らす。

決めていた合図だ。私はすぐに、隔離《かくり》結界を発動させて中庭の一角を覆《おお》う。

「こ、これ……」

「メイゲン、お前がオレの友に相応しいことを証明しろ。今ここで、オレと戦え」

「なっ、た、戦うって……君と？」

「そうだ」

ライオネスは気合を入れる様に、自らの拳《こぶし》をぶつけ合わせる。

彼はすでに、戦う準備ができていた。しかし相手のほうはまだ困惑している。

「意味がわからないよ。どうして君と……」

「理由は言ったはずだ。証明してみせろと……お前はオレが強さを重要視していることを知っているはずだ。なら言わずともわかるだろう？　お前の力を見せろ」

「ライオネス……さっきからおかしいよ。この結界だって――」

「メイゲン！」

彼は叫《さけ》ぶ。友の名を。

メイゲンはびくりと震《ふる》え、口を塞《ふさ》ぐ。

「お前がどうしたいのか、それだけだ」

「ボクは……」

「戦うか、戦わないのか」

「……っ、わかったよ」

メイゲンの表情がようやく変わる。

迷いや戸惑《とまど》いは残りつつ、決意を固めたようにまっすぐライオネスを見る。

「戦うよ、君と」

「……そうか」

わずかに、ライオネスの口元が緩《ゆる》んだように見えた。

嬉しいのだろう。私にはわかる。けど、その感情を押《お》し殺し、彼は向き合う。

「来い。メイゲン」

「うん！」

二人の戦いが始まった。

そして――

終わった。

「っ……く……」

「……メイゲン」

敗者は地面に倒《たお》れ、勝者はそれを見下ろす。

ボロボロになったメイゲンを、ライオネスは切なげに見下ろしていた。

「お前は……弱いな」

「……」

戦いの時間は、わずか五分程度だっただろう。

あっという間に決着はついた。無傷のライオネスが物語るように、一方的で戦いとすら呼べるか怪《あや》しいものだった。

メイゲンは何もできなかった。何もさせてもらえなかった。

それほどまでに、両者には差があった。

「この程度の男が友か……やはり見込《みこ》み違《ちが》いだったな」

「ライオ……」

「終わりだよ、メイゲン」

ライオネスは倒れるメイゲンに背を向け、その場を去っていく。いつの間にか隔離結界も消滅《しょうめつ》している。メイゲンは見送るしかできない。

痛みで立ち上がれないから？

いいや、きっと違う。

「くそ……」

悔《くや》しくて、立ち上がれないからだろう。

彼は涙《なみだ》をこぼす。敗北を噛《か》みしめ、苦しさに耐えかねて。そんな彼の元に、私は歩み寄る。

「無様ね、メイゲン・トローミア」

「君……は……」

私は見下ろす。

ライオネスと同じ位置から、同じ目で。

「スレイヤ……さん？」

さぁ、ここからが私の役目だ。

見下ろす私を情けない顔でメイゲンは見上げる。打ちのめされた後とはいえ、涙でぐちゃぐちゃな顔ね。

心苦しさは感じるけど、私は心を鬼《おに》にする。

「どうして君が……ここに？」

「私はよく中庭に来るのよ。一人になれて落ち着ける場所だから」

「そう、なんだ……」

「ええ、そしたら迷惑《めいわく》にもどこかの誰《だれ》かが喧嘩《けんか》を始めたのよ」

「……」

メイゲンは顔を伏《ふ》せる。

すぐ下は地面だ。あと少し力を抜けば、顔は土まみれになる。

「見て……いたんだ」

「見せられたのよ。覗《のぞ》いていたみたいに言われるのは心外だわ」

「そうだね……ごめんなさい」

茂みからは二人が見ている。

ベルフィスト辺りから、覗いてたのは事実だろ、と突《つ》っ込まれていそうだ。そして隣《となり》で、ベルさんは黙っていてくださいと、フレアが注意しているだろうか。

生憎《あいにく》、二人の声は私には小さすぎて聞こえない。

もちろん、倒れているメイゲンにも。

「いつまで寝《ね》ているつもり？　立ち上がれないほどの怪我《けが》じゃないでしょ」

「……けど、身体に力が入らないんだ」

「はぁ、本当に無様ね。ライオネスがあなたを見放した理由も納得だわ」

「――！」

わずかにメイゲンが反応する。

未だ顔を伏せたまま。私は彼を刺激《しげき》するようにセリフを吐き出す。

「こんなに弱くて情けない人、傍《そば》に置いていたくないわよね」

「……」

「安心したわ。あなたが腑《ふ》抜《ぬ》けで……これなら簡単に、ライオネスを殺せそうね」

「――なっ！」

ようやく、彼は顔をあげた。

驚愕《きょうがく》と困惑の表情を見せ、私を見上げる。

「ライオネスを……殺す？」

「ええ、そうよ」

「何を言って……どうして？」

「理由なんて教える必要があるの？　部外者のあなたに」

ライオネスからも拒絶《きょぜつ》され、友人でもなくなった。

彼はどちらからも部外者だ。

私たちの問題に首を突っ込める立場にいない。そう、思わせる。だけど私は確信している。

ここで彼が、立ち上がろうとすることを。

「……させない」

彼は地面に手をつけ、肘《ひじ》を伸ばして上体を押し上げる。

膝《ひざ》をつき、足をつき、ゆっくりと立ち上がる。泥《どろ》だらけになった服を払《はら》いもせず、私のほうをまっすぐに向いて。

「彼を殺すなんて……させないよ」

「……どうして？　あなたはもう、彼のなんでもないでしょ？　見放されたじゃない」

「だとしても……彼に死んでほしくないんだ」

彼は歯を食いしばる。

メイゲン・トローミア。彼にとってライオネスは、ただの友人ではない。

ライオネスという男こそが、彼の……。

「彼は……ボクの憧《あこが》れだ」

憧れ。そう、メイゲンはライオネスに憧れていた。

堂々とした立ち振る舞《ま》いに、学生の中でもとびぬけた強さに。自分にはない物を全て持っている彼に。憧れて、彼のようになりたいと願い、隣に立つことで気づかされた。

自身と彼との差を。

そう、つまるところ……メイゲンが抱えている問題は劣等感《れっとうかん》だ。

「彼は殺させない。ボクが……」

「ふっ、笑わせないで」

彼のおでこを軽く弾く。

そんなに強く叩いてないのに、彼は吹《ふ》き飛び木に衝突《しょうとつ》する。

「ぐっ……」

「そんなに弱くて、どうやって守るつもり?」

「っ……ボクが、彼の傍に……」

「弱いあなたを、ライオネスが傍に置くわけがないわ」

私は彼に背を向ける。立ち去るそぶりを見せ、立ち止まる。

「どうするの? そのまま泣いて、俯《うつむ》いているまま?」

「……」

「そうしている間に、私はライオネスを殺すわよ」

「っ、ボクが……止める」

決意に満ちた言葉を聞き、私は小さく笑う。

そして振り返った先で、メイゲンは私を睨《にら》み立っていた。手足を震わせながら。私は不敵に笑う。悪役ヒロインらしく。

「いいわ。なら……私を止めてみなさい」

「う、うおおおおおおおおおおおおおお！」

◇◇◇

二人の戦いが始まると同時に、ベルフィストは隔離結界を展開した。ただの隔離結界ではなく、時間の概念《がいねん》を歪《ゆが》ませる。

結界の内外で時間の流れに差が生まれ、結界内では時間の感覚が狂《くる》う。

外での一時間は、結界内での約一日。しかし、結界内に囚《とら》われている者は一日が経過したことに気づけない。

外での感覚と同じように、一時間程度に感じる。

複雑な結界だ。これが成せるのも、彼が魔王の器だからこそ。

「さて、やることは済ませたし、俺《おれ》たちは帰ろうか」

「大丈夫《だいじょうぶ》なんですか？」

「心配ないよ。結界は時間制限付きだから、外の世界で七時間が経過したら自動的に消滅する。俺がいなくても関係ない」

「ベルさんのことじゃありません、スレイヤさんです」

お前なんて心配していないと、フレアはベルフィストに冷たく言い放った。

ベルフィストは苦笑い。フレアの視線の先では、メイゲンと戦うスレイヤが映る。

「一人にして……大丈夫なんでしょうか」

「心配ないだろ、彼女《かのじょ》は強い」

「でも……悪い人を演じて……辛いはずです」

「……それこそ望むべくだよ。彼女は理解した上で演じている。俺たちが思っているより……ずっと強いよ」

二人が見つめる先で、スレイヤが戦っている。

悪役を演じ、己《おの》が目的のために身を削《けず》り。見守るしかできないことに、フレアは憤《いきどお》りを感じていた。

「行くぞ。ここにいても邪魔《じゃま》になるだけだ」

「……そうですね」

自分にも戦えるだけの強さがあれば……胸の前で手を握《にぎ》りしめ、彼女は去る。

◇◇◇

これを戦い、と呼べるのだろうか？

「どうしたの？　もうバテたのかしら？」

「まだ……まだ！」

必死に攻撃《こうげき》を仕掛《しか》けるメイゲンを、私は軽くいなし続けていた。

かれこれ一時間くらいだろうか？

ベルフィスト曰《いわ》く、この結界は時間の感覚が乱される。一時間は外での時間で、結界の中では一日くらい経過している。

丸一日、ただ攻撃を躱《かわ》し続けていた。

「はぁ……はぁ……」

メイゲンは最初から満身創痍《まんしんそうい》だ。ライオネスにボコボコにされた直後だから、というのもあるけど……。

彼はまったく戦い慣れていない。

実戦での魔法《まほう》の使い方がまるでなっていない。

「呆れるわね」

メイゲンが強くないことは知っていた。

原作でもそう描《えが》かれていたから。けど、ここまで戦い慣れていないとは思わなかったわ。

これじゃ間に合わない。

「仕方がないわね」

私はメイゲンに右手をかざす。

「リターン」

「――――！　身体が急に軽く……どういうつもり？」

「治したわけじゃないわ。時間を一時的に戻しただけよ。あとで一気に疲労《ひろう》が襲《おそ》うわよ」

「そうじゃない！　どうしてボクの身体を」

疑問を抱《いだ》くメイゲンに、適当な言い訳を考えて言い放つ。

なるべく悪役っぽく、悪そうに。

「ふっ、弱すぎてつまらないからよ。せめてもっと楽しませてちょうだい」

「……後悔《こうかい》するよ」

「そういう言葉はもっと強くなってから言いなさい」

私たちは戦闘《せんとう》を再開する。

肉体が回復したことで、多少動きがマシになった。けど、まったく足りない。

これじゃライオネスには勝てない。勝てる様に鍛《きた》え上げる。この限られた時間で、私と戦い戦闘経験をつませる。

そして……認めさせる。

戦闘は激化する……わけでもなく、淡々《たんたん》と進んでいく。メイゲンの実力はハッキリ言って、勇者の中で一番弱い。

魔法使《まほうつか》いとしてのセンスも平均的だし、身体能力も並以下だ。貴族という地位がなければ、凡人《ぼんじん》の部類に入る。

そんな彼が、勇者の一人に選ばれている。すなわち、ただの凡人で終わる様な人間じゃないということを、私だけが知っていた。

「はぁ……はぁ……」

「体力のなさは致命的《ちめいてき》ね」

残り時間は限られている。体力の向上も必要だけど、残念ながらこの短期間でどうこうできるパラメータージャない。

魔法センスも生まれ持ったもので、成長には長い時間をかけた修練が必要になる。私が一年のほとんどを修行《しゅぎょう》に費《つい》やして、ようやくこの力を手に入れたように。

つまり、この短い時間の中で彼に教えられるのは、未熟な戦闘経験を少しでも補うことと、精神的な強さを身に付けること。

心の強さは時に、肉体の強さを凌駕《りょうが》する。肉体と違って心はきっかけさえあれば、劇的に変化するものだ。

彼の場合は特に、自分で気づいていないことがある。

「早く来なさい。じゃないとこっちから行くわよ」

「っ――」

私は魔法陣《まほうじん》を足元に展開し、炎《ほのお》の竜巻を生成する。数は四つ、四方を囲むように、息切れを起こしているメイゲンを襲う。

「ふぅ……エアルート」

「――！」

メイゲンを襲うはずだった四つの炎の竜巻は、彼に当たることなく通り過ぎていく。全てが彼を避《さ》ける様に。

「……」

私が無意識に魔法の制御《せいぎょ》を見誤った？

いいや、それはあり得ない。私は確かに彼を狙った。積み重ねてきた努力が、この程度の制御を見誤らないという自負を生んでいる。

私が間違《まちが》えたわけじゃない。だとしたら答えは一つ。

「上手《うま》く逸《そ》らしたわね」

「……炎の熱は気圧を変化させる。気流を上手く操作すれば、炎は通りやすいほうへと自然に移動するんだよ」

「よく知っているわね」

「調べたから。ライオネスが得意な魔法を、どうやったらもっと強くできるかをね」

メイゲンは膝に力を込《こ》めてゆっくり、まっすぐに立つ。体力は消耗《しょうもう》し、身体もボロボロで魔力《まりょく》の消耗も激しいだろう。

それでも立っている。友を救うために、私に立ち向かおうとしている。

「勇敢《ゆうかん》ね。けど、勇気だけじゃ勝てないわ」

私は二つの魔法陣を背後に展開し、それを一つに合わせる。合わせたのは雷《かみなり》の魔法と水の魔法だ。

魔法陣からは雷の特性を宿した水の柱が放たれる。

「複合魔法⁉」

「今度は気流じゃ防げないわよ」

「っ、エアウォーク！」

メイゲンは足に風を集中させ、空気を蹴《け》って上へと跳《と》び上がる。

「へぇ、そんなこともできたのね」

もちろん知っていた。彼が自身の機動力を補うために身に付けた魔法であることも、未完成で数秒しか使えないことも。

「次は躱せるかしら？」

私は再び魔法陣を二つ合わせようとした。ここで彼は思わぬ行動にでる。限られた時間を使い風を操《あやつ》り、私を目掛《めが》けて突っ込んできた。

ただし狙いは私ではなく、背後の魔法陣だった。

「ここだ！」

メイゲンは叫び、手をかざす。魔法陣は重なった瞬間に弾けて消えてしまった。これには私も驚《おどろ》いて目を見開く。

その一瞬《いっしゅん》の隙《すき》をつき、メイゲンはすかさず風の刃《やいば》を生み出す。

「ウィンドブレード！」

「――！」

私は咄嗟《とっさ》に避けギリギリで回避《かいひ》した。本当にギリギリで、少しだけかすった。私の右肩《みぎかた》からツーと血が流れる。

彼が初めて、私の身体に攻撃を届かせた瞬間だった。

「くっ、今のタイミングで躱されるなんて……」

「むしろ誇《ほこ》っていいわよ。私に傷をつけた相手なんて数えるほどしかいないわ」

本気のライオネスですら、私に指一本触《ふ》れることは叶《かな》わなかった。その一線を彼が……メイゲンが越《こ》えた。

「さっきの、どうやって破壊《はかい》したの？」

「魔法陣は、完成前なら魔法陣をぶつけて相殺《そうさい》できる。複合魔法は扱《あつか》いが難しいから、タイミングよく異物が入れば簡単に消滅するんだよ」

「――そうね。よく勉強しているわ。それに、いい眼を持っているわね」

「……敵に褒《ほ》められるなんて思わなかったよ」

私はニヤリと笑《え》みを浮《う》かべる。ようやくスタートラインに立てそうだ。

「私は傲慢《ごうまん》じゃないわ。力ある者はちゃんと認めている。あなたのその知識と観察眼は鍛え上げられているわね」

「……ボクには……こんなやり方しか、できないんだ」

「こんなやり方？　あなたは何をしてきたの？　何を積み重ねてきたの？」

「ボクは……」

彼が抱《かか》える劣等感の芯たる部分は、自身に才能がないことを知っているから。彼の隣にはいつもライオネスがいた。

才能に溢《あふ》れ、勇敢で、いつだって強くあろうと突き進《すす》む男がいた。だからこそ、彼のようになりたいと願った。

それでも自分には才能がない。同じように強くなることはできない。ライオネスならできることも自分にはできない。なんて情けないのだと……そう思ってしまう。

彼は、自分自身を認められていない。これまで積み重ねてきた努力を、自分が否定してしまっている。

「その知識も、見抜《みぬ》く目も、あなたが強くなろうと努力した結果じゃないの？」

「――――！」

「この世にまったく同じ強さなんて存在しないわ。ライオネスも、私も、それぞれが自分なりの強さを追い求めているの。あなたはそうじゃないの？」

「ボクの……ボクなりの……強さ……」

彼《かれ》は早く気付くべきだった。認めてあげるべきだった。頑張《がんば》っている自分自身を、自分が肯定《こうてい》して初めて、人は成長を実感できる。

よく、これは自分との戦いだ、なんていう人がいるけど、私はこの言葉があまり好きじゃなかった。

自分は味方だ。だって、自分なのだから。

最も信頼《しんらい》すべき己自身を敵としてしまう……信じられないようじゃ、その人の成長は止まってしまう。

頑張っている自分を認めよう。少しでも強くなっている自分を信じよう。自分自身を味方にして初めて、人は確かな強さを得る。

極論、私はこの戦いで彼に気付いてほしかったのは一つだ。

「もう少し、自分を信じてあげたらどうなの？」

「――」

そうすれば、あなたはもっと強くなれる。憧れとは違う道かもしれないけど、隣に並び立つことはできる。それが理想なのでしょう？

「君は……一体……」

「自分も信じられないような人に、私が傷付けられたなんてムカつくじゃない」

私は再び魔法陣を展開する。

「おしゃべりはここまでよ。続きを始めましょう」

「……そうだね」

もう言葉は必要ない。彼の目に力が宿ってくれた。ようやく、自分を信じる気になってくれたのだと、密《ひそ》かに嬉《うれ》しく思う。

戦闘開始から七時間。ベルフィストが指定した限界時間に達し、隔離結界が崩壊《ほうかい》する。

「はぁ……はぁ……」

「ふぅ」

さすがに私も疲《つか》れて呼吸が乱れてきた。七時間……結界内では一週間戦い続けたのだから仕方がない。

そのおかげで、成果はあった。

「疲れたわ。もう飽《あ》きた」

「ま、待って！」

「安心しなさい。今日は何もしないわ。あなたと遊んで疲れたから……そうね？　明日の夜にでも、殺しに行こうかしら」

私はメイゲンに背を向ける。メイゲンの身体は一週間分の疲労が溜《た》まっている。

加えて何度も時間を巻き戻《もど》し、蓄積《ちくせき》された疲れは一気に押し寄せる。

立っているのも限界のはずだ。

「阻《はば》みたいなら好きにしなさい。彼があなたを……ボディーガードとして認めたらの話だけど」

「待っ……」

疲労の限界がきて、彼は膝から崩《くず》れ落ちる。閉じていく瞳で私を見つめながら。

「君……は……本当に……」

そのままうつぶせに倒れ込み、声は聞こえなくなった。

この状態で放置したら朝まで目覚めない。

「私が治療《ちりょう》します」

「……やっぱり、待っていてくれたのね」

茂《しげ》みの陰《かげ》からフレアがひょっこり顔を出す。帰っていいと伝えてあったのに、彼女は終わるまで待っていてくれた。

なんとなく、そんな予感がしていた。

「お願いするわ。彼には明日、頑張ってもらわないといけないもの」

「そうですね。スレイヤさんも、明日はゆっくり休んでください」

「ええ、そう……する……」

疲れが押し寄せる。意識が……薄《うす》れていく。

「お疲れ様《さま》でした。スレイヤさん」

私はフレアの胸の中で、緩やかに眠《ねむ》りについた。

◇◇◇

翌日の早朝。ベルフィストは一人、中庭にやってきた。

「さて、始まってるかな?」

彼の目的は一つ。自らの力の回収にある。その場面に、彼は出くわすことになる。

「ライオネス! 君は命を狙《ねら》われている!」

「……はぁ、急に呼び出したと思えば、馬鹿げた話だ」

中庭ではライオネスとメイゲンが話していた。

ベルフィストは茂みに隠《かく》れる。

「お、始まってる」

ここで二人が衝突する。スレイヤが言った通りの展開が起こり、ベルフィストは見守る。

「くだらない話に付き合う気はない」

「嘘《うそ》じゃない！」

「だとしても関係ない。オレは自分の身は自分で守れる。忠告だけ受け取っておこう」

「ダメだ。ボクも一緒《いっしょ》にいる」

「……なんだと？」

ライオネスが睨む。冷たい視線で……しかしメイゲンはひるまない。

「ボクが守る」

「……ふっ、お前が？　オレよりはるかに弱いお前が？」

「なら、試《ため》してみればいいよ！」

発言と同時に、メイゲンは自らの魔力を解放する。膨《ふく》れ上がる魔力を感じ、ライオネスは笑みを浮かべる。

「いいだろう。何が変わったか見せてみろ」

パチンと指を鳴らす。

合図と同時に隔離結界は展開される。

「これでよし、と」

今はスレイヤがいないため、結界の発動者はベルフィストだ。

予定通り、二人は再び激突《げきとつ》する。ライオネスが得意とするのは炎の魔法。対するメイゲンが得意としているのは風の魔法。相性《あいしょう》的には悪くない。

むしろ、炎を巻き上げ武器に変えられる風のほうが有利。それでも惨敗《ざんぱい》したのは、メイゲンに戦闘経験が皆無《かいむ》だったせいだ。そして、自分自身を信じられなかったから。

魔法は使えるだけでは意味がない。手足のように使いこなせてこそ一流。不足していた経験は、スレイヤとの濃密《のうみつ》な一週間で補われている。

「ウィンドブレード！」

風の刃がライオネスを襲う。ライオネスは炎の渦《うず》で身体を守る。その直後に、メイゲンは風を纏《まと》って移動し、ライオネスの背後を取る。

「吹き飛べ！」

「なめるな！」

突風《とっぷう》と炎の渦。二つの力が衝突し合い、爆発《ばくはつ》する。昨日とは打って変わり互角《ごかく》の戦いを繰《く》り広げる。

メイゲンは、決して劣《おと》ってなどいない。

秘《ひ》めたる才能も、知識も、努力も、足りなかったのは経験と心くらいだ。

彼がこれまで積み上げてきた努力は本物であり、それによって得られた知識、育まれた観察眼はしっかり残っている。

ライオネスと比較《ひかく》しても、惨敗するほどの差はない。

大きな差があったのは心だ。

彼はずっと、劣等感に苛《さいな》まれてきた。自分はできない人間なのだと諦《あきら》めていた。憧れた存在を近くに見続け、自分にはできないと思《おも》い込んだ。

弱く、何もできない自分を呪《のろ》った。身に付けた知識も、自分の目すら信じられない。そんな状態で何を成せる。

しかし、彼はようやく気付いた。信じるべき存在は、自分の中にこそあったのだと。

原作において恋《こい》をした彼は、勇者たちと真正面から戦った。彼のお話では、他の勇者たちも主人公のことを本気で射止めようとしていた。

手に入れるには、自分が選ばれるには戦うしかない。メイゲンは生まれて初めて、戦ってでも手に入れたい……守りたいものを見つけた。

自分の弱さ、劣等感と向き合い乗り越《こ》える。彼はそうして強くなった。

今も……。

「絶対に勝つ！　君を……死なせない」

冷静な観察眼を駆使《くし》し、ライオネスの攻撃を発動前に打ち消し、炎は気流を操作することで上手く受け流している。

誰よりも近くで、長い間見てきた魔法だ。スレイヤ以上に、ライオネスのことはよく知っているだろう。

その癖《くせ》も、強さも秘訣《ひけつ》も、対策だって立てられるほどに。

自分を信じるようになったメイゲンは以前より思い切りが強くなった。この眼で見る者は正しい、信じていいと分かったから、動きに迷いがなくなった。

その変化を、誰よりも傍で見てきたライオネスが感じている。自分に迫《せま》る勢いで、メイゲンが風を纏わせる。

そんな親友の姿を見たライオネスは、嬉しそうに笑みをこぼす。

「――ふっ」

突如《とつじょ》、ライオネスから覇気《はき》が消える。

それを感じ取ったメイゲンも、魔法の発動を止めた。

「ライオネス？」

「オレの負けだ。強くなったな、メイゲン」

「……え？　ど、どうして？」

突然《とつぜん》の敗北宣言に困惑《こんわく》を隠せない。そんな彼に、ライオネスは言う。

「弱いと言い放った相手に、これだけ互角の戦いをされている……その時点でオレの負けだ」

「……ライオネス……」

「メイゲン、オレはずっと、お前に期待していたんだぞ」

「ボクに？」

ライオネスは胸の内を明かす。

成長した彼ならば、隠すことなく打ち明けるだろう。

「お前はもっと強いはずだ。だが、オレと一緒にいるとお前は弱くなる。縮こまってしまう。それではダメだ。それを……友とは呼べない」

「……」

「オレはな、メイゲン。お前のことを友であり、ライバルだと思っている」

「――ボクが、君の」

彼の心の隙間《すきま》を埋《う》める方法。それは、自分の弱さを受け入れた先で、認められることだ。

憧れたその人に、必要としてくれた誰かに。メイゲン自身が認められ、満たされることで埋まる。

「ボクは……君の友達でいてもいいのかな？」

「今は許す。お前は強い。もっと胸を張れ」

「あははは、そうかな？　ライオネスに言われると……なんだかむず痒《がゆ》いよ」

「ふっ」

二人の間には友情があった。その友情が、より強く結びつく。

ベルフィストの目には、彼から離《はな》れ出る力の一部が見えていた。心の隙間は、埋められた。

「あっ！　そうだ大変だよ！　スレイヤさんが君の命を狙って！」

「ん？　ああ、それなら冗談《じょうだん》だ」

「え……？　どういうこと？」

「心配するな。オレにもよくわからん」

キョトンとするメイゲンに、ライオネスは笑みをこぼしながら呟《つぶや》く。

「本当に……よくわからない女だ。スレイヤ・レイバーン。だが、また借りができてしまったな」

「ライオネス？」

「あの女はオレだけではなく、お前まで変えてしまった。どちらもたった一日で、思いもよらぬ方法で……」

ライオネスは初めからスレイヤに協力していた。メイゲンを強くするために、彼を拒絶してほしいと。

最初から全てわかっていて、彼自身も期待していたのだ。もしかするとスレイヤなら、メイゲンを変えられるかもしれない、と。

「あいつには一体……何が見えていたのだろうな」

第六章

「昨日は上手くいったみたいね」

「おかげ様でバッチリ回収できたよ」

「そう、よかったわ」

「ん？　なんだかあまり嬉《うれ》しそうじゃないね」

「嬉しいわよ」

　そんなことはない。メイゲンとライオネス。二人の戦いは思った通りに進んでくれたらしい。

　これで二人の問題は解決できた。とても順調、喜ばしい。

「それにしては元気がないね」

「……わかるでしょ」

　疲れているのよ、私は。いつもの中庭で、木の幹を背もたれにして座《すわ》り込む。

昨日の疲れがどっと押《お》し寄せる。

結界の中で七日間ぶっ通しで戦ったんだ。一日休んだ程度で取れる疲れじゃない。

「しっかりしてくれ。まだ折り返し地点にも達していないぞ」

「わかってるわよ」

「ちょっとベルさん！　スレイヤさんはお疲れなんです！　休憩《きゅうけい》の邪魔しちゃダメですよ！　はい、スレイヤさん、あーん」

「……恥《は》ずかしいからやめて」

今はお昼休み。お弁当のおかずを食べさせようとしたフレアを止める。

彼女は涙目《なみだめ》になってしまう。

「えぇ！　せっかく作ってきたのに」

「食べないとは言ってないわ。自分で食べられるから平気よ」

「でも、疲れてますよね？　朝からずっと元気がありませんよ」

「心配いらないわ。疲れもそのうち回復する」

別にどこか怪我《けが》をしているわけじゃない。

ただの疲労。休息をとれば回復する。もっとも、あまり悠長《ゆうちょう》に休んではいられないのだけど。

昼食を終えたところで、ベルフィストが私に尋《たず》ねる。

「で、次のターゲットは？」

「ベルさん！　まだ休憩中です！」

「いいのよフレア、先に進めるべきだわ」

「スレイヤさん、休んでからのほうが……」

彼女は心配そうに私を見つめる。心配してくれるのは嬉しいけど、のんびりはしていられない。

おそらく、ベルフィストは理解している。私は彼と目を合わせる。

「ライオネス、メイゲン、私は二人の心の隙間を埋めたわ。その影響《えいきょう》は間違いなく、他の勇者たちにも及《およ》ぶ」

「そうだとも。近しい者だけじゃない。力と力は引き寄せ合う。すでに彼らは出会ってしまったみたいだからな。遅《おそ》かれ早《はや》かれ、互《たが》いの変化に気づく」

「ええ。そして……私たちにたどり着く。気づかれるわけにはいかないのよ」

私たちのアドバンテージは、心の隙間の理由と対処法を知っていること。だけど、人の心なんてコロコロ移り変わる。

変化していく。それがいい変化か、悪い変化なのかは別として。

私たちの知らないところで心が変化してしまえば、私たちのアドバンテージは消える。皆《みな》がそのままでいるうちに決着をつける。そのためにも、休んではいられない。

「休むなら全部が終わった後でゆっくりするわ」

「……倒《たお》れないでくださいよ」

「気を付けるわ。ただ、これから頑張らないといけないのは私じゃないわ」

次のターゲットも決まってる。彼の心の隙間を埋めるためには、私じゃきっかけを作れない。

こういう時こそ、彼女の出番だ。私の視線はフレアに向く。

「私ですか？」

「ええ、そうよ」

次なるターゲットは、天才魔法使いビリー。勇者の中で唯一《ゆいいつ》の平民であり、悲しい過去を抱える人物でもある。

彼の攻略《こうりゃく》は、今までのように戦いでは解決しない。

まずはきっかけ作りだ。そのために。

「ビリーをデートに誘《さそ》ってほしいの」

「で、デート！」

今度はフレア、あなたが頑張る番よ。

◇◇◇

新入生の中で最も魔法使いとしての才能を持つビリー。彼は少し変わっている。原作でも、あまり他人と関わろうとしない。

しゃべるのは勇者たちと、主人公であるフレアだけだ。

それも必要最低限でしかない。彼はいつも、図書室にいる。

一般《いっぱん》科目と魔法科目の一部授業を免除《めんじょ》されている彼は、図書室で一人本を読んでいた。

彼以外誰《だれ》もいない図書室は静かだ。ペラっとページをめくる音と、窓から吹《ふ》き込む風の揺《ゆ》らぎだけが聞こえる。

そこに、彼女はやってくる。

「こんにちは！　ビリー君！」

「フレア……」

主人公と勇者が二人きりで出会う。親交を深めるための個別イベントだ。

原作でもビリーとの交友のきっかけは、この図書館だった。方向音痴《おんち》なフレアが迷い込み、そこにビリーがいた。

「どうしたんだ？　今は授業中だろ？」

「えっと、道に迷っちゃって……気が付いたらここに来てたんです」

「迷った？　もうずいぶん経《た》つのに道を覚えてないのか？」

「はい。あははは……」

少しわざとらしいけど、セリフは完璧《かんぺき》だ。原作でも聞いたセリフをフレアが口にしている。その様子を、図書室の窓の外からひっそりと観察する。

「ここ、図書室ですよね？　ビリー君は授業受けなくていいんですか？」

「俺《おれ》は授業の一部を免除されているんだ」

「そうなんですね！　あの、少しお話ししませんか？　ずっとビリー君とお話ししてみたいなと思っていたんです」

「……そうだな。どうせ授業には間に合わないし」

二人は隣《とな》り合った席に腰《こし》かける。

その様子を、私とベルフィストが見守る。

「中々いい雰囲気《ふんいき》じゃないか？」

「そうなってもらわないと困るのよ。何せこの後……」

フレアがビリーをデートに誘うのだから。正確には、彼を街に連れ出すことが彼女《かのじょ》の役割だ。主人公らしく、上手くその天才をのせてね。

「ビリー君はいつもここにいるんですか？」

「大体はそうだな。授業がない時間は大抵《たいてい》いる」

「本が好きなんですか？」

「好きというより、勉強だ。ここには世界中の書物が保管されている。学ぶにはもってこいの場所だろ」

「なるほど……ビリー君は真面目さんですね」

軽快なリズムで質問して、最後にさりげなく褒める。

誰だって褒められたら嬉しい。無邪気《むじゃき》に、本心からの言葉なら尚更《なおさら》だろう。

フレアの得意なパターンだ。と、原作を読んでいた私が勝手に思っている。

「ここに積んであるの、全部魔法の本ですよね」

「そうだよ」

「難しそう……私こういうの読むの苦手で、全然読んでも理解できないんです」

「慣れだよ。少しずつ読んで、知識をつければわかるようになる。俺だって最初はわからなかった」

「へぇ～。ビリー君は誰に魔法《まほう》を教えてもらったんですか？」

始まった。無自覚に、核心《かくしん》をつく質問だ。ビリーの表情が一瞬《いっしゅん》曇《くも》る。

ほんの一瞬で、すぐに普段《ふだん》通りに戻る。

「父さんと母さんだ」

「ご両親も魔法使いさんだったんですね」

「ああ……凄《すご》い魔法使いだった」

「ビリー君は、ご両親みたいな魔法使いになりたいんですね」

「なりたい……じゃない。ならなきゃいけないんだよ」

「え？」

ビリーは真剣《しんけん》な表情で本のページをめくる。

そのままぼそりと、呟く。

「そのためだけに生きているんだから」

「ビリー君？」

「なんでもない。俺からすれば、お前のほうこそ凄いと思うけどね？　聖なる力なんて初めて見た。実在するんだな」

「聖なる……？」

「なんだ。自分の力のことを知らないのか？」

ここから、フレアの力について触れられる。原作でも彼女に力のことを教えたのはビリーだった。

最も知識を持つ彼に与《あた》えられた役割でもある。

この話をきっかけに、フレアは自分自身の力に興味を持つようになった。ただし、それは原作の話だ。

彼女はすでに、私から聞いて知っている。その力が何のために宿っているのか。誰を討《う》つための力なのか。

「それは魔力じゃないから、俺には縁遠《えんどお》い力だ。興味はあるけど」

「難しい話ですね。私、普《ふ》通《つう》の魔法のことも知らなくて、あ！　そういえば街で気になる噂《うわさ》を聞いたんです」

「噂？」

「はい。なんでもよく当たる占《うらな》い師《し》さんがいて、まるで未来が見えているようだって。そういう魔法もあるんですか？」

「未来を見る……いや、聞いたことないな」

ビリーが興味を示し、難しい顔をする。彼は魔法に関する話なら興味をそそりやすい。

これは仕込《しこ》みだ。彼が興味を持ったところで、フレアが誘う。

「よければ放課後、一緒に会いに行ってみませんか？」

「占い師にか？」

「はい。ちょっと興味はあるんですけど、一人では不安で……」

そう言いながら期待した目をビリーに向ける。

この視線に抗《あらが》える男の人は少ない。ただしビリーは、魔法のこと以外にあまり興味を示さない。だからこその誘い。

「未来を見る……か。確かに興味はあるな」

彼は必ず乗ってくる。

未知の魔法を前にして、黙《だま》って引き下がる彼じゃない。

「わかった。今日の放課後でいいか？」

「はい！　ありがとうございます」

満面の笑みで感謝するフレアに、ビリーは少し照れている様子だった。

二人のやり取りが見られて私も満足だ。

「さぁ、ここからは私たちの役目よ」

「わかってるよ。まったく、人使いの荒《あら》いお嬢様《じょうさま》だ」

◇◇◇

「どうでしたか？」

「完璧だったわ。上手《うま》く誘えたわね」

「はい！　スレイヤさんの指導のおかげですよ！」

「私はコツを教えただけよ」

ビリーの元から戻ってきたフレアは、飛び跳《は》ねて喜んでいた。

私はあくまで情報を伝えただけだ。上手く彼を誘導《ゆうどう》したのはフレア自身の力だと思う。

さすがは主人公。勇者たちの心を掴《つか》むのが上手い。

「放課後も頼《たの》むわね」

「はい！　スレイヤさん、じゃなくて占い師さんの元に案内すればいいんですよね？」

「ええ、その後のことは私たちに任せて」

「わかりました！　頑張ってビリー君をエスコートします！」

ピシッと敬礼のポーズを見せるフレア。

「張り切ってるわね」

「もちろんですよ！　私、これまであんまり役に立てなかったので」

そんなことないわ、と私が否定する前に彼女は続ける。

「それに……ビリー君の抱える悩《なや》みは、早く解決してあげたいんです。とても辛くて……悲しいことですから」

「……そうね」

彼が抱える問題、心に課した縛《しば》り。

それは……物語の登場人物の中でも、最も重たく辛い過去だ。

◇◇◇

運命の放課後。フレアはビリーを街へと連れだした。

「こっちですよ！」

「……本当に合ってるのか？」

フレアの案内に、ビリーは不安げな顔をする。

それもそのはず。二人が歩いているのは、繁華《はんか》街《がい》からも遠く離れた路地だ。人影《ひとかげ》もなく、お店は一つもない。

「道……間違《まちが》ってないよな？」

「大丈夫《だいじょうぶ》です！　たぶん」

「たぶん……」

彼はフレアが方向音痴だということを思い出し、不安そうに周囲を見渡《みわた》す。

「こんな場所に店なんて……」

「ありましたよ！」

「――！」

フレアが指をさした先に、占いの館と書かれた看板があった。ありきたりな名前に、不気味な外装。とても繁盛《はんじょう》している店には見えないボロボロの外観。

「ここが……」

「そうらしいです。名前も合ってます」

「……まぁ、せっかく来たんだ。会うだけ会ってみよう」

怖《こわ》いもの見たさで、ビリーが扉《とびら》を開ける。ギギギと建て付けの悪くなった扉を開くと、そこには一人の女性が待っていた。

占い師らしく顔を隠し、独特な雰囲気を醸《かも》し出して。

「いらっしゃい。今日は可愛《かわい》らしいお客さんね」

占い師は不気味に笑う。

彼《かれ》は気づかない。この占い師の正体こそ、変装したスレイヤだということに。

◇◇◇

予定通り、フレアがビリーを連れてきた。二人は変装した私の前にいる。

ビリーが私に尋ねる。

「あんたが噂の占い師か？」

「あら？　私のことが噂になっているの？　どんな噂かしら？」

「未来が見える……とか」

「ふふっ、どうかしら？　確かめてみる？」

不敵に笑う私を、ビリーは訝《いぶか》しむ。今のところ正体に気づかれた様子はない。

さすが、魔王《まおう》の変身魔法。ビリーほどの優《すぐ》れた魔法使《まほうつか》いをも欺《あざむ》くなんて。

これなら次も上手くいけそうね。

「俺は正直信じていない。未来を見るなんて魔法を聞いたことがない。インチキならこの店、どうなるかわからないぞ？」

「怖い人ね。安心して、インチキなんかじゃないわ。私には見えるの……あなたの未来も……過去も」

「――――！」

ビリーはわかりやすく反応する。彼にとっては未来より、過去のほうが重要だ。だからこそ、騙《だま》しやすい。

私は笑《え》みを浮《う》かべながら語る。

「あなたは過去に囚《とら》われているわね」

「……なんだと？」

「悲しい過去……大切な人を失ってしまった経験が、あなたをそこまで強くした」

「どうしてそれを……」

「言ったでしょう？　私には見えるのよ。あなたの全てが……あなたの中に眠る、別の誰かの存在も」

ビリーは後ずさる。警戒《けいかい》から、私のことを睨《にら》む。

私は言い当てた。彼が胸の奥《おく》にしまい込《こ》んだ大切な過去を。これで、私が只人《ただびと》ではないと理解したはずよ。

前置きを終らせ、私は立ち上がる。

「何なんだ……お前は？」

「占い師よ。だから、あなたのことを占ってあげるわ。初めてだしサービスするわ」

「何をする気だ……」

「怖がらないで。あなたが抱《かか》える悩み……心の鎖《くさり》を解いてあげる」

私は緩《ゆる》やかに、ビリーに近づく。警戒する彼の虚《きょ》を衝《つ》いて、その額に軽く触《ふ》れる。

直後、彼の意識は闇《やみ》へと沈《しず》む。

「なっ……」

「いってらっしゃい。夢の世界へ」

◇◇◇

相手の精神に干渉《かんしょう》し、特定の夢を見せる魔法《まほう》デイドリーム。

そこに、もう一つの精神干渉魔法を追加した強化版。私一人の力ではなく、ベルフィストにも協力してもらって発動した大魔法だ。

ビリーは真っ白な世界に漂《ただよ》う。

「ここは……」

「あなたの夢……心を映し出す鏡の世界よ」

「お前は……」

発動者である私も、彼の夢の中に滞在《たいざい》できる。もちろん、占い師としての姿で。

「お前は何者だ？　ただの占い師じゃないだろ？」

「さぁ？　そんなことより、始まるわよ。あなたの夢が……」

「俺の――！　なんだ、これは……」

辺り一面に映像が流れる。

それは記憶《きおく》。ビリーの中にある大切な……忘れたくても、忘れられない悲劇。

ビリーの両親は優れた魔法使いだった。

貴族でこそなかったが、類まれなる才能を領主に認められ、充実《じゅうじつ》した環境《かんきょう》で魔法の研究に勤《いそ》しんでいた。

そんな両親のもとに生まれたビリーが魔法使いを目指したのは必然だろう。

ある日、事件が起こる。両親の研究を手伝っていたビリーが、誤って開発途中《とちゅう》だった魔《ま》導《どう》具を起動させた。

暴走した魔導具は爆発を起こし、研究室は炎《ほのお》に包まれた。

燃《も》え盛《さか》る炎の中で重傷を負って倒れたビリー。死を覚悟《かくご》した彼に駆《か》け寄ったのは両親だった。

薄《うす》れゆく意識の中で、ビリーは両親から二人の魔力《まりょく》を受け取り一命をとりとめた。

その代償《だいしょう》として、二人は死んだ。

「これは……呪いだ」

ビリーは呟く。彼の身体には今も、二人の魔力が宿っている。

彼の類まれなる魔法使いとしての才能は、自身を含《ふく》む三人分の魔力を有しているからに他ならない。

両親から受け継《つ》がれた力だ。しかし彼は、これを呪いだと思っている。

「俺のせいで研究室はめちゃくちゃになった。俺を助けるために……二人は死んだ。もっと研究したいことがたくさんあったのに……俺を助けたせいで」

「だから、呪い？」

「そうだ。俺は二人の未来を奪《うば》った。だから俺は、二人の代わりに魔法を極《きわ》める。そうしないと……許されない」

「――本当に？」

私は問いかける。

過去に囚われた可哀《かわい》そうな彼に。

「本当に両親は、あなたにそんなことをしてほしかったの？」

「……何が言いたい？」

「私は何も言えないわ。だから」

私は指さす。

彼を……いいえ、彼の胸に宿る二人を。

「本人に聞きなさい」

その直後、彼の胸が光り出し、二つの光が飛び出す。光はくるりと彼の周りを一周して、正面でピタリと止まる。

形を変え、色づく。

「父さん……母さん？」

「久しぶりだな、ビリー」

「やっと会えたわね」

「どうして……」

ビリーは困惑する。魔力には個人差がある。それは、魔力が魂《たましい》からあふれ出た生命の力だから。二人はビリーを生かすために全魔力を注いだ。

その結果、二人の魂の一部もビリーの中に宿ったんだ。

「父さん、母さん……俺のせいで……」

「馬鹿だな、お前は」

「え？」

「本当に馬鹿ね。誰に似たのかしら？」

「僕《ぼく》たち以外にいないだろ？　まったく魔法のこと以外は鈍感《どんかん》なのはそっくりだ」

「本当ね」

嬉《うれ》しそうに笑う二人を見てビリーは戸惑《とまど》う。

どうして笑っているのか。自分のことを恨《うら》んでいるのではないか。そんな疑問は間違いだ。彼は鈍《にぶ》い。もっと早く気づけるはずだった。

「大きくなったわね」

母親がビリーを抱《だ》きしめる。

その上から、父親もぎゅっと抱きしめる。答えなんて決まっていた。大好きな研究を、自分たちの未来まで捨てて子供を守った。

恨んでいるはずがないじゃないか。

「私たちは、あなたが幸せならそれでいいの。生きていてくれるだけで……十分なのよ」

「魔法も好きだが、お前のことはもっと好きなんだ。親子だからな」

「――く、う……」

ビリーの瞳《ひとみ》から涙《なみだ》があふれ出る。

知ってしまえば単純だ。長く縛り続けた鎖も、あっという間にほどけて消える。

たった一言、それだけあれば十分だった。

「ごめん……父さん、母さん」

「こら、泣かないの。男の子でしょ？」

「大きくなったんだ。これからもっと大きくなれ。僕たちの分まで、人生を楽しめ」

「……うん。頑張《がんば》るよ」

◇◇◇

夢から覚める。温かく、優《やさ》しい時間はすぐに終わる。

ただの夢でしかない。虚《うつ》ろの中で見せられた記憶の残り香にすぎない。

それを、目覚めた彼は忘れない。

「ビリー君！」

「……フレア」

ビリーは自分が地面に横たわっていることに気付く。

天井《てんじょう》を数秒見上げてから、ゆっくりと起き上がる。

「俺は眠《ねむ》っていたのか？」

「みたいです。私もさっき目が覚めて。そしたら隣《となり》でビリー君も」

「……お前も見たのか？」

「何をですか？」

キョトンとするフレア。彼女の表情に偽《いつわ》りはなく、純粋《じゅんすい》な疑問だけが映る。

そう、彼女は見ていない。

彼と、彼の魂の中にある二人の記憶を。それを見ることができたのは、彼と占い師だけだった。

「……そうか」

目を瞑《つぶ》り、夢の光景を思い出す。そのままゆっくりと立ち上がり、周囲を見渡す。

そこに彼女の姿はない。

「あの占い師は？」

「目が覚めたらいませんでした」

「そうか……残念だ。一言だけ伝えたかったんだがな」

「まったくです！　やっぱりインチキだったんですね！」

プンプンと怒《おこ》るフレアは見る。

ビリーの横顔は、怒りではなく嬉しそうだったことを。

「ビリー君？」

「いや……礼を言い損《そこ》ねたな」

フレアがハッキリと見た彼の横顔は、とても清々《すがすが》しくまっすぐ前を向いていた。まるで、何かに守られるように。

縛り上げていた鎖が、温かな抱擁《ほうよう》に変わったように。

こうして、ビリーが抱える問題は解決する。

◇◇◇

廃墟《はいきょ》から二人が去っていく。

私とベルフィストは気配を遮断《しゃだん》する結界の中に身を潜《ひそ》め、それを見送った。

「行ったようだな」

「ええ」

ベルフィストが結界を解除する。ここは元々、誰も住んでいない廃墟だった。

占い師の格好だけじゃない。部屋の中も、外観も、全て魔法による幻《まぼろし》で補っていたにすぎない。

これも一つの夢だ。夢が覚めれば、ただの現実だけが残る。

埃《ほこり》をかぶって薄汚《うすぎたな》い部屋に、私たちは残った。

「回収は？」

「もちろんバッチリだ。君の仕事には失敗がなくて助かるな」

「……今のところ順調なだけよ」

正直、心底ホッとしている。

答え合わせをしているだけとはいえ、本来フレアが時間をかけて攻略する相手を、この短時間で攻略しなければならない。しかも恋愛《れんあい》を絡《から》めず、彼らが抱える問題だけを解決するという……。

ある意味、恋《こい》に落ちることより難しいかもしれない。

疲《つか》れと安堵《あんど》から、私はため息をこぼす。

「落胆《らくたん》か？　十分上手くやれてる。あと二人だろ？」

「……その残った二人が面倒《めんどう》なのよ。わかってる癖《くせ》によく軽口を叩《たた》けるわね」

「所詮《しょせん》は他人事だからな」

「自分のことでしょ?」

「いいや他人事みたいなものだ。失敗して本気で困るのは俺じゃなくて、君のほうだろ?」

「……」

それはそうだ。回収に失敗すれば、私の身の安全は保障されない。

私を見限った彼が、彼の中の魔王が何をするかわからない。仮に魔王が暴れ出した場合、物語のように上手く討伐《とうばつ》なんて進まないだろう。

私はすでに、物語を歪《ゆが》めてしまった。

主人公と友人になり、勇者たちの問題を解決し、魔王の依代と協力する。

ここから、本来の流れに戻《もど》す方法なんてない。

私はもう走り出してしまった。もはや後戻《あともど》りはできない場所まで来ているんだ。今さら後悔《こうかい》なんて遅すぎる。

私は小さくため息をこぼし、ベルフィストに背を向けて歩き出す。

「どこへ行くんだ? そっちは屋敷《やしき》じゃないだろう?」

「まだやり残していることがあるのよ。あなたは先に帰っていていいわ」

「……そうか。なら自由にさせてもらおう」

◇◇◇

王都郊外《こうがい》には使われていない施設《しせつ》が残っている。そこは街の水道を管理する場所だったが、現在は使われておらず廃墟となった。

街の水道を管理していたということは、施設内部は地下へと繋《つな》がっている。加えて元施設だった場所には、それなりの設備もそのまま残されていた。

悪い人たちが身を潜め、よくない研究をするにはもってこいの場所だろう。

施設の中に入り、地下へと続く道を進むと、明らかに新しく作られた部屋と廊下《ろうか》が現れる。誰もいないはずの場所に、煌々《こうこう》と明かりがついていた。

コト、コトと足を進める音が廊下に響《ひび》き渡《わた》る。

「いかにもって場所ね」

「――なんだお前は！　どこから入ってきた！」

「正面からよ。いくら見つけにくい場所だからって、警備の一人も配置しないなんて意識が低いわね」

私は呆《あき》れてため息をこぼす。

研究者チックな服装をした男は焦《あせ》りを見せながら後ずさり、周囲をキョロキョロ見ながらニヤリと笑みを浮かべて叫《さけ》ぶ。

「侵入者《しんにゅうしゃ》だ！　皆こっちへ来てくれ！」

その叫び声の直後、ウーンとサイレンのような音が鳴り響く。白い光で明るかった部屋は真っ赤な光に染まる。

緊急《きんきゅう》事態を伝える音と演出に誘われて、次々に研究者たちは姿を現した。集まった研究者たちが私を見て首を傾《かし》げる。

「女？　しかもその制服……学生じゃないか」

「間違ってこんな場所に迷《まよ》い込んでしまったのかな？　だとしたら相当運がないみたいですねぇ」

「――ふっ、研究者の癖に馬鹿なの？」

私はわかりやすく研究者たちを煽《あお》り、不敵な笑みを浮かべる。

「こんな普通じゃわからない場所に、偶然《ぐうぜん》迷い込むわけないじゃない。方向音痴な主人公じゃないんだし」

「何を言っているんだ？　迷い込んだんじゃないなら、学生が何をしに来た？」

「決まってるでしょ？　ここを潰《つぶ》しに来たのよ」

私は鋭《するど》い眼光で彼らを睨み、足元に魔法陣《まほうじん》を展開する。それを見た研究者たちは一瞬焦《いっしゅんあせ》り、すぐに冷静になって私を冷たい目で見る。

「なるほど。我々の研究を邪魔《じゃま》したい組織が刺客《しかく》をよこしたのか。学生を紛《まぎ》れ込ませるなんて中々考えるじゃないか」

「卑怯者《ひきょうもの》め。正々堂々と研究成果で戦うこともできないか」

「ふっ、滑稽《こっけい》ね。正々堂々なんてよく言えたものだわ。優秀《ゆうしゅう》な研究者を陥《おとしい》れることなんて、あなたたちの専売特許でしょ？」

「――――！」

研究者たちはびくりとあからさまな反応を見せる。こんな地下深くで隠《かく》れて研究をしている者たちが、まともな人間であるはずはない。

彼らは王国の認可《にんか》を外れた魔法の研究者たちだ。王国の秩序《ちつじょ》を乱すとされ、正式な認可を得ることができず、それでも陰《かげ》でこっそり魔法の研究をしている。

そんな彼らにとって、王国の認可を得て、自分たちよりさらに先を行く研究者がいれば、さぞ気分が悪かっただろう。

「どうやら……ただ雇《やと》われただけの小娘《こむすめ》じゃなさそうだな」

「私は誰にも雇われていないわ。私は私の意思でここにいる。理由は知る必要なんてないわ。だってここで、みんな消えるんだから」

「こちらのセリフだ。ちょうど魔法の実験台が欲《ほ》しかったところでね？　君を実験サンプルとして回収させてもらう」

研究者たちはそれぞれに魔法陣を展開する。彼らはただの研究者ではなく、全員が優れた魔法使いたちだった。

個々の実力は、今の勇者たちにも勝る。魔王というラスボスの存在がなければ、彼らが物語における悪の組織としてラスボスの座についていたかもしれない。

もっとも、真のラスボスを仄《ほの》めかせるアクセントでしかなかっただろうが。

「滑稽ね。もう遅《おそ》いのに」

「それは君の——なっ！　魔法陣が！」

「消えた？　なぜだ？」

彼らは何度も魔法陣を展開しようとしては失敗する。構築された魔法陣は瞬時《しゅんじ》にガラスが割れるような音を立てて砕《くだ》け散る。

「研究者のくせに察しが悪いわね。私はここを潰すために来たのよ？　何の準備もしていないわけないじゃない」

「——まさか、君の仕業《しわざ》だというのか？　だが一体どうやって」

「知る必要はないわ」

この魔法は、本来成長したビリーが考案する新しい魔法。一定領域内の魔法陣構築を阻《そ》害《がい》し、魔法発動を妨害《ぼうがい》する結界だ。

ビリーのルートにおける最終決戦で、彼はこの魔法を初めて完成させて主人公フレアの窮地《きゅうち》を救った。

作ったばかりの魔法に名前はなく、作中でも披露《ひろう》されたのは彼のルートの最後と、最終決戦で魔王サタンの魔法を妨害した場面だけだ。

私は彼の物語を知っている。知り尽《つ》くしている。物語の中で彼が何者になり、何を作り上げたのかも知っている。だから私は先取りできた。

ビリーという天才が作り出した魔法を、彼が完成させる前に独自に作り出すことができた。これも明確なインチキだ。

この力は私のものじゃない。勝手に知識と技術をカンニングしただけの私に、この魔法に名前を付ける資格はないだろう。

ただ、ここでは目いっぱい活用させてもらう。

「どうかしら？　魔法の研究者の癖に魔法が使えない気分は」

「くっ、こ、この卑怯者《ひきょうもの》が！」

「また笑わせる気かしら？　自分たちより優秀で認められているからって、嫉妬《しっと》で他人の研究を妨害して死に追いやった人たちが、何を思って卑怯なんて他人をののしるのかしら？」

「っ……なぜそのことを……」

「知っているわよ、全てね」

彼らがかつて、ビリーの両親の研究を妨害し、あの大事故が起きてしまったことも。ビリーは自分のせいだなんて思っているみたいだけど、彼に非はない。もちろん、彼の両親にもない。

彼らの存在を疎《うと》ましく思った哀《あわ》れな研究者たちによって、ビリーたちはハメられてしまっただけなのだから。

本来のビリールートでは、この研究者たちの存在を知ったビリーが復讐《ふくしゅう》に走る展開が用意されていた。

大好きだった両親を死に追いやった敵だ。彼が怒り、その怒りをぶつけようとする気持ちは理解できるだろう。

そんな怒りと悲しみに支配されていたビリーを、主人公フレアが救った。復讐よりも大事なものがある。私とは違《ちが》うやり方で、内に秘《ひ》めていた両親の思いを引き出すことで、彼は殺人という大きな罪を背負わずに済んだ。

そうやって物語においては、彼の心の隙間《すきま》は埋《う》まっている。だけど今、私は強引《ごういん》なやり方で彼の心を救ってしまった。

本来ならば対峙《たいじ》するであろう諸悪の根源を残したまま。必要だったイベントを大きくすっとばし、結果だけを持ち出した。

無論、そんなことをしても過去は消えない。ここにいる哀れな研究者たちは生き残り、いずれビリーと出会ってしまうかもしれない。

「困るのよね。せっかくハッピーエンドで終わったのに、後から余計な横やりを入れられてしまうと」

「何の話を――」

「確かにその通りだな」

「なっ、ぐあ！」

魔法《まほう》が使えずにアタフタしていた研究者たちが次々に倒《たお》されていく。この空間内では私自身も魔法が使えない。ただし、魔力を制限しているわけじゃない。

つまり、彼のように魔力そのものを操《あやつ》って戦える存在であれば、この結界の中でも変わらないパフォーマンスを発揮できる。

「もしも大きく心の隙間が開いてしまえば、そこに俺《おれ》の力が吸い寄せられてしまう可能性もゼロじゃない。アフターケアは大事だ」

「な、なんだ貴様は！　なんだその黒い力は！」

「知る必要はないよ。お前たちはここで消える。この世界にも、物語にも必要なくなったみたいだからね」

「物語？　一体何を言って――がっ……」

優れた魔法使い、研究者も魔法が封《ふう》じられてしまえばただの無力な人間だ。彼らはベルフィストに成すすべもなく蹂躙《じゅうりん》されていく。

地下を沈黙《ちんもく》が支配するまで、あまり時間はかからなかった。

「ついてきてほしいなんて、頼んでいないわよ？」

「別についてきたわけじゃない。ただ散歩してたら迷い込んだだけだ」

「嘘《うそ》が下手ね」

「そうか？　フレアならあり得そうじゃないか？」

「そうね。けど、あなたは主人公じゃないでしょ？」

「ああ、その通りだよ。俺は単なる脇役《わきやく》で、その正体は魔王だ。君と同じ、悪い人だよ」

そう言ってベルフィストはニヤリと笑みを浮かべる。彼の言う通り、私たちは悪い人間だ。フレアのような善人じゃない。

だから、この光景にも心は痛まない。

「本当に？」

「……勝手に人の心を……」

「読まなくてもわかる。前にも言っただろう？　お前は顔に出やすいんだ」

「……」

私は一体、どんな表情をしていたのだろうか。鏡のないこの場所では、確かめることはできない。ただ、私は反論する。

「痛むはずないわ。私はスレイヤ、悪役よ。それに彼らも悪い人たちだわ」

「でも君はスレイヤ本人じゃない。この人間たちにしたって、君が何かをされたわけじゃないだろう？」

「……それでも、必要なことならやるだけよ」

「そうやって無理に悪役を演じ続けていると、いつかお前自身が壊《こわ》れてしまいそうで心配だな」

「心配……ね」

もしかして、だから彼は一緒《いっしょ》に来てくれたのだろうか。彼がいなければ、この場で手を汚《よご》すのは私自身だった。

そうはさせないために、彼は私についてきて、自らが刺客となって手を汚した。そうだとしたら彼は……。

「余計なお世話よ」

「素直《すなお》じゃないな～。そこは感謝してくれてもいいのに」

「私があなたに感謝するとしたら、全てが終わったその時よ」

まだ何も終わっていない。越《こ》えなければいけない壁《かべ》はたくさんある。その全てを乗り越えるまで、隣にいる彼は真の味方にはなってくれない。

「それなりに、今の関係は気に入っているんだけどな。まだ信用してはもらえない、か」

「ずっと無理ね」

「厳しいな。そういう反発的なところも嫌《きら》いじゃ――」

「どうかしたの？」

一瞬《いっしゅん》、ベルフィストの表情が険しくなり、どことも言えない天井の一か所に視線を向けていた。

「……よくない気配がした」

「なに？」

「俺以外の……悪魔《あくま》の気配だ」

「――!?」

私は周囲を見渡し、魔力による感知範囲《はんい》を広げる。しかし何も見つからず、何も感じられなかった。

「もういない。感じたのは一瞬だったからな」

「どういうこと？　本当に悪魔が近くにいたの？」

「おそらくな。こちらの様子を窺《うかが》っているように感じたが、いかんせん一瞬だったから正確なことはわからない」

「……そう」

魔王サタンがいるのだから、他の悪魔の存在は当然ある。物語の中でも、悪魔が襲撃《しゅうげき》してくるイベントは何度か用意されていた。

ただ、そういうイベントは大抵《たいてい》物語の中盤《ちゅうばん》以降で、共通ルートでは起こらない。悪魔の力が強大で、序盤の勇者たちではどう頑張っても勝てないからだ。

ある程度の予感はしていた。無《む》茶《ちゃ》苦《く》茶《ちゃ》な速度、方法で勇者たちを攻略《こうりゃく》している。通常の物語の進行とは大きく乖離《かいり》した。

「けど、こんなに早く……」

急いだほうがいいかもしれない。大きなイベントが繰《く》り上げで起こってしまう前に、私の知識と経験で勇者たちを解放する。

「次のターゲットだけど、どちらがいいかしら」

「決まってないのか？　珍《めずら》しい」

「どっちも面倒だから後回しにしていたのよ」

「なるほど……なら、君の元婚約者《こんやくしゃ》から行くことをお勧《すす》めするよ」

ベルフィストの提案に、私は理由を尋《たず》ねた。

すると彼は難しい顔をして、声を低くして答える。

「あいつは……セイカは、何を考えているかわからない。それなりに長く一緒にいる俺でも……だ。そもそも、あいつの抱える問題は」

「……そうね。なら、アルマね」

ベルフィストの提案に賛同し、次のターゲットはアルマに定めた。

彼の抱える問題は、ライオネスと少し似ている。いや、似ているというのは語弊《ごへい》があるか。ライオネスのように、父親の過度な教育が原因ではない。

彼の場合は、彼自身の性格とスタンスによるものが大きい。正直、これを問題とは呼びたくない。

一見して、心の隙間が生まれるような問題とも思えない。
彼が抱える問題。それは……。
貴族の地位以上に、大切なものが存在しないこと。

第七章

懐《なつ》かしき気配に酔《よ》いしれ、夜の街を徘徊《はいかい》する。誰《だれ》も彼らの存在には気づけない。同胞《どうほう》であれど、魔力を隠した状態では誰かわからない。

人ごみに紛れて歩く彼らは人ではなく、悪魔だった。

「間違《まちが》いない。この地に……魔王《まおう》様がいらっしゃる」

「だがどうだ？　弱々しい気配しか感じないぞ」

「まだ不完全かもしれない。ならば我々が手助けせねばなるまい」

「そうだ。全ては魔王様の復活のため。いずれはこの街を……悲鳴と恐怖《きょうふ》で満たしてみせよう」

彼らは笑みを浮かべる。魔王サタン直属の部下、かつて魔王と共に戦い敗れ、長い年月をかけて復活を果たした古《いにしえ》の悪魔たち。

彼らにとっての魔王は破壊《はかい》と力の象徴《しょうちょう》であり、今も尚《なお》、鮮烈に記憶に残っている。魔王さえ復活すれば、この腑《ふ》抜《ぬ》けた平和な世界を蹂躙できる。

さすれば再び、暗黒の時代がやってくるだろう。

「魔王様もさぞお喜びになられるはずだ」

そう信じて疑わない。

彼《かれ》らは知らない。魔王サタンの真なる目的が、永遠の伴侶《はんりょ》を見つけることだということに。破壊も、支配もどうでもいい。

その全てに飽《あ》きてしまった魔王が、人間の女と共に仲良く笑っていることに。

◇◇◇

アルマ・グレイプニル。スレイヤの元婚約者《こんやくしゃ》であり、勇者となるキャラクターの一人。

彼は名のある貴族の家系に生まれ、その嫡男《ちゃくなん》として育った。

貴族としての立ち振《ふ》る舞《ま》い、威厳《いげん》、地位を守ることを何より考え、そのために必要な知識や術を身に付ける。

スレイヤとの婚約も、彼女《かのじょ》の家と懇意《こんい》にするためだった。

そこに、互《たが》いの意思はない。しかし、彼は納得《なっとく》していた。貴族である自分が、家の意向に従うことは正しいと疑わなかった。

地位も名誉《めいよ》も大切だ。何より、立場のある貴族だからこそ、それにふさわしい行いをすべきだと本気で思っている。

そんな彼が、生まれて初めて感情を優先したのは、フレアのことだった。

彼は出会ってしまった。一切《いっさい》家のためにはならず、地位も名誉も守れない。ただ純粋に、愛したいと思える存在に。物語の中で彼は葛藤《かっとう》していた。

これまで信じ貫《つらぬ》いてきた貴族としての自分と、それを押《お》しのけフレアに恋をする自分と。

結果的に彼はフレアを選んだ。貴族という肩書《かたがき》よりも大切なものを見つけた。

詰《つ》まるところ彼の問題を解決する方法は……。

「ごめんなさい。私には無理だと思います」

「どうして？」

申し訳なさそうに否定するフレアに、私は機械的に尋ねた。

彼女は答えにくそうに口を開く。

「アルマさんの問題を解決するには、私が彼と恋をするのが一番なのはわかりました。スレイヤさんのためなら頑張りたいとも思っています。けど……私は、好きじゃない人と恋をすることはできないです」

「それは、今はでしょ？」

彼女は首を横に振る。

「たぶん、この先もです。スレイヤさんが知ってる私は、アルマさんと時間をかけて仲良くなって、ちゃんと好きになったんだと思います。でも今の私は、物語の私じゃないんです。好きにならないといけない……恋をしないといけない……そんなの……できないです」

彼女はずっと申し訳なさそうに俯《うつむ》いていた。力になりたい。けど、できないことは無理だと。

「ごめんなさい。意地悪なことを言ったわね」

「いえ！　力になれなくて……」

「いいのよ。確かに、あなたの言う通りだわ」

好きでもない相手と恋をするなんてできない。その通りだ。だから私も、彼との婚約を自ら破棄《はき》したのだから。そんな私に彼女を責める資格なんてない。

彼女がこう答えることもわかっていた。

わかった上で聞いたんだ。それが一番手っ取り早くて、確実だから。

「だが、現実的にどうするんだ？」

ベルフィストが尋ねる。噂《うわさ》では私との婚約が解消されたことで、他の貴族の令嬢《れいじょう》から婚約の話も上がっているらしい。

中にはこの国の王女様の名前もあったとか。あくまで噂だから、どこまで本当かわからない。ただアルマのルートでは一度、王女と婚約を結ぶイベントがあった。

私が無理やり攻略を進めた影響《えいきょう》が世界に現れているのだとしたら、私が予期せぬ速度で新たなイベントが起こってしまう可能性もある。

ビリーの時のように事前に防ぐことも今回は難しい。面倒だからという理由で後回しにしていたつけがきてしまった。

「……一つだけ、代案があるわ。あまり気は進まないけど」

「聞こうか？」

「……私が、フレアの代わりをするのよ」

◇◇◇

同日の放課後。作戦を決行するため、私が学園の出入り口で待つ。私はため息をこぼす。始める前からやる気が出ない。

本気で気が進まない。けれどこれが最善……というより、唯一《ゆいいつ》の手段だと思うから。

私は彼の前に一歩踏《ふ》み出す。

「スレイヤ！」

「久しぶりね、アルマ」

向かい合って数秒、沈黙を挟《はさ》む。彼のほうから何か言ってくれると助かったけど、この様子じゃ難しそうね。

何を話せばいいのかわからないと、彼の顔に書いてある。ま、私から話しかけたわけだし、ここは予定通りにいきましょう。

「同じ学園に通っているのに、こうも出会わないのは不思議ね」

「……そうだね。どうしてかな？」

「惚《とぼ》けなくていいのよ？　私のことを避《さ》けていたからでしょ」

「……」

彼は意図的に、私と距離《きょり》を置いていた。それはわかっていた。

主人公であるフレアと一緒にいながら、彼とは一度も接触《せっしょく》していない。

あからさまに避けているのは明白だ。逆に言えば、彼は未《いま》だに私のことを意識している。

そこにつけ入る隙《すき》があると考えた。

「新しい婚約者は見つかったかしら？」

「……中々いないよ。君みたいな人は」

「そう？　だったらいいわよ？　やり直してあげても」

「――！」

アルマは両目をパチッと見開き驚愕《きょうがく》する。まさか私のほうから再婚約の話を持ち出すなんて、彼にとっては予想外だったはずだ。

驚《おどろ》きが終わると、彼は訝《いぶか》しむように私を見つめる。

「……どういうつもりだい？」

「どうって？」

「忘れたわけじゃないだろ？　君は、僕《ぼく》を二度振《ふ》っているんだよ」

「あなたこそ忘れているの？　どちらも原因はアルマ、あなたにあったのよ」

私は冷たく言い放つ。彼は言い返さない。自覚しているんだ。あの時、フレアに見とれてしまったことに。

それを見抜《みぬ》かれ、図星をつかれて否定できなかった過去を思い返している。

「尚更《なおさら》……どうして？」

「気が変わったのよ。それ以上の理由はないわ。あなたにとっても悪くない話でしょう？」

「……確かに悪くない。そのほうが僕にも都合がいいよ」

「ええ、そうね」

乗ってきたわね。

さて、ここからは強気に攻《せ》めよう。

「――ただ、私は一度あなたに裏切られている。他の女に見惚《みと》れて、浮気《うわき》みたいなものよ」

「それは……」

「だから条件を出すわ。三日あげる。その間に、私を惚《ほ》れさせなさい」

「――！」

驚くアルマと視線を合わせる。

ああ、恥《は》ずかしい。こんなセリフを誰かに言うなんて夢にも思わなかった。

恥ずかしさで心臓がはち切れそうだ。

こっそり見ているベルフィスト辺りは、きっと笑いを堪《こら》えるので必死でしょうね。

私自身、らしくないセリフなのはわかっている。でも、必要だから。彼が私に……夢中になってもらわないと困るの。

「君から再婚約の話を持ち出したのに、その条件なのか？」

「不満？　だったらこの話はなしでいいわ。私は気まぐれなの」

「……」

ここで引き下がればそこまで。振り出しに戻ってしまう。

私は祈《いの》る。お願いだから、食いついて。私にこんな恥ずかしいセリフを吐《は》かせておいて、逃《に》げるなんて許さない。

「――わかった。その挑戦《ちょうせん》を受けよう」

身体が震《ふる》える。

歓喜《かんき》で。

「三日、必ず君を惚れさせてみせるよ」

「……ええ、楽しみにしているわ」

◇◇◇

スレイヤとアルマ、二人の様子を陰《かげ》ながら見守るフレアとベルフィスト。

「あー苦しい。笑いを堪えるので必死だったな」

「最低ですね」

「いやだって、あんなセリフ彼女らしくなさすぎる」

「それはそうですけど……」

二人はスレイヤの意図を理解している。彼女が何のために、一度は手ひどく振った相手に手を差し伸《の》べているのか。

知った上で尚、フレアは不安げな顔を見せる。

「不服そうだな」

「だって、好きでもないのにこんなの……スレイヤさんが辛いだけです」

「心配なのは彼女だけか」

「……スレイヤさんは私の、大切なお友達ですから」

フレアは不満そうにアルマと話すスレイヤを見つめていた。その瞳《ひとみ》に宿る感情は、ただの友人に対する心配か。

それとも……。

「俺たちがどう思おうと関係ない。これは、彼女が望んだことだ」

「わかってます」

「なら見守ろう。彼女の決意に水を差すほうがよっぽど無粋《ぶすい》だ」

「……そうですね」

◇◇◇

「はぁ……」

帰宅した私は、盛大《せいだい》にため息をこぼす。久しぶりにベッドで横になった気分だ。天井《てんじょう》を見上げて、彼との会話を思い返す。

「明日から三日間……」

私はアルマのアプローチを受ける。そういう手筈《てはず》だ。彼は私の心を射止めるために、様々な手段を用いるだろう。

私はそれに……。

「心から応じることはできないわよ」

私は彼が好きじゃない。そういう物語だと知っていても、私から一度は離《はな》れた心に興味はない。ただ利用するだけだ。

彼の中にある罪悪感を。私が、私のまま生き抜《ぬ》くために。

「……賭《か》けね」

この方法で上手《うま》くいく保証はどこにもない。

私は主人公じゃないから、彼女のようには振舞《ふるま》えない。今さらアルマの前で、好意を示すなんて無理だ。

それでも……やらなくちゃ。ただ、彼が応じてくれたことには安堵《あんど》している。王女から婚約の話がきているとすれば、今の彼は断らない。

フレアとの交流も中途半端《ちゅうとはんぱ》で恋《こい》に落ちていない彼なら、間違いなく王女との婚約を優先するはずだ。そのほうが貴族として、次期当主としては合理的だから。

私の提案を受けたということは、少なくともまだ王女からの婚約話はきていない。運がよかったと思う。それでも、憂鬱《ゆううつ》なことには違いない。

「はぁ……」

もう一度大きなため息をこぼし、その日は眠《ねむ》りについた。


翌日から、私とアルマの戦いは始まる。

「おはよう、スレイヤ」

「ええ」

学園の敷地《しきち》に入ってすぐ、アルマが声をかけてきた。さわやかな笑顔《えがお》を見せて。

「授業は何を受けるんだい？」

「決めていないわ」

「そうか。なら、僕と一緒の授業を受けないか？」

「……そうね。そうしましょう」

淡々《たんたん》と会話が進み、私は彼と一緒に教室まで歩く。道中、彼は間をつめるように話しかけてきた。

「改めて昨日は嬉《うれ》しかったよ。君のほうからやり直すチャンスをくれて。やっぱり、僕には君のような相手が相応《ふさわ》しい」

「そうかしら？　もっと可愛《かわい》らしくて健気《けなげ》な子が好みでしょう？」

「僕の好みを知ってるの？　けど残念、間違ってるよ」

「そう？　じゃあどんな子がいいの？」

「それは内緒《ないしょ》だ」

意地悪な笑《え》みを私に向ける。さわやかに、清々《すがすが》しいほど綺麗《きれい》な笑顔だ。

アルマは容姿もいい。友人も多くいる。立ち振る舞いも丁寧《ていねい》で、多くの女性からも慕《した》われている。

まさに理想的な上流貴族の嫡男だ。彼に憧《あこが》れを抱《いだ》く者も少なくない。

物語の中でスレイヤは、そんな彼を自慢《じまん》に思っていた。

「自慢……ねぇ」

「どうかしたかな？」

「なんでもないわ。行きましょう」

二人で教室に入る。席についてからも、彼は楽しげに話しかけてくる。

他愛《たわい》のない話だ。友人同士が交わすような日常会話を終え、授業が始まる。

授業中はさすがに静かだ。彼は学園でも優等生を演じているから。

授業が終わり、休み時間になる。

「次の授業もどうかな？　一緒に」

「……そうね」

彼の誘《さそ》いに同意して、次の授業も一緒に受けることにした。

必死に見える。私を、自分の視界から外さないように。離れていかないように言葉と行動で繋《つな》ぎとめている。

お昼になる。当然のように、アルマは私を昼食に誘った。

「こうして一緒に食事をするのも久しぶりだね」

「そうね。初めてなんじゃないかと思えるくらいだわ」

「ははっ、面白《おもしろ》い冗談《じょうだん》だ」

冗談ではないのだけどね。少なくとも、私がスレイヤになってからは一度もない。

私は修行《しゅぎょう》で忙《いそが》しかったし、学園に入るまで彼のほうから訪ねてくることもなかったから。

そう、あの頃《ころ》からその程度の関係だった。一年顔を合わせていなくても、平然とした顔で再会できるような……。

気持ち悪い。

「そうだ、スレイヤ。今日の放課後だけど、よければ僕の屋敷《やしき》に遊びに来ないかい？」

「屋敷に？　何のために？」

「深い理由はないよ。ただ君とゆっくり話せればと思って」

アルマは優《やさ》しく私を見つめる。

「どうかな？」

「……わかったわ」

これも、目的を達成させるためだ。


放課後になる。私はアルマに連れられ、彼の屋敷にやってきた。

案内されたのは彼の部屋だった。

「ここに来るのは久しぶりだよね？」

「……そうね」

私にとっては初めての場所だ。けど、不思議と懐かしさを感じている。

きっとスレイヤが彼女だった頃、ここを訪《おとず》れたのでしょう。

「それで、どんな話を――」

不意打ちだった。

彼は私の後ろに立っていて、振り返ると同時に手を引き……唇《くちびる》を合わせた。

数秒、思考が固まる。突《つ》き放《はな》すより先に、彼が私を押し倒す。

「……どういうつもり？」

「君が言ったんだよ？　自分を惚れさせてみせろって、だからこうしてる」

「……」

両手を押さえられ、ベッドに倒れた私に彼がかぶさる様に見下ろす。

体勢は不利だけど、押し返そうと思えば簡単だ。私は彼を睨《にら》みながら言う。

「これで、私が喜ぶと思ってるの？」

「喜ばせるのが僕の役目だ。男女の関係なら、これも一つの方法だと思うよ。君を満足させてみせる」

「……満足？」

彼がこの後、何を考えているのかわかる。ベッドに押し倒されているんだ。

この後の展開なんて一つしかない。

彼は真剣《しんけん》だ。下心も感じさせず、私に迫《せま》る。それがどうしようもなく……。

気持ち悪い。

今すぐ突き飛ばしたい。勘違《かんちが》いしないでと言い放ちたい。けど、これは正しい。今の私はフレアの代わりだ。

彼女に代わって、アルマには私に夢中になってもらわないと困る。だから意識させた。

このまま……彼が私を求めるなら、そのほうが好都合だ。

「スレイヤ」

顔が近づく。そう、これが最善。私がどう思おうと、目的を達するためには……。

――っ。

私は唇をかみしめた。心の中で、私は暴れ出しそうな感情を発露《はつろ》する。

ああ、そうか。

「……やっぱり無理だわ」

「え……」

私の身体は正直に、彼のことを拒絶《きょぜつ》した。

彼の手を振りほどき、迫る彼の胸を押し戻《もど》す。

「スレイヤ？」

「ごめんなさい、やっぱりあなたとの再婚約なんて無理だわ」

「……まだ、一日だよ？」

「ええ、その条件もそうだけど……最初からやり直したい気持ちなんてなかったわ」

この作戦は失敗だ。私は目的よりも自分の感情を優先してしまった。

それでも、不思議と気分は晴れやかだった。

どうしてだろう。失敗してしまったのに、これでいいと思える自分がいる。

「やり直したいという言葉は……」

「嘘よ。その点は申し訳なかったと思っているわ。ごめんなさい」

私はアルマに謝罪する。過去はともかく、今回のことは私が悪い。

最後まで演じきれなかった自分に非がある。今までの行動も、彼が本気で私を惚れさせようとした結果だとわかっている。

それでも……。

「アルマ、私は……あなたのことが好きになれないわ」

それが答えだ。私にだって好みはある。

大好きな物語、その登場人物たちでも、等しく大好きだったわけじゃない。このキャラクターは好きだけど、こっちは好きになれない。

個人的な優劣《ゆうれつ》が存在する。こうして対面して、実際に触《ふ》れ合って、その差は大きくなった。元からあまり好きではなかった。

そして今は……。

「私はあなたが嫌いよ」

「——！」

嫌いになってしまった。

当事者だったからかな？

彼の作り笑顔も、態度も、言葉も……全てが気持ち悪い。一度は目を逸《そ》らし、裏切った相手に向けるものじゃない。

その不気味さが気持ち悪くて、耐《た》えられなかった。だけどこれで……私はフレアの代役を永遠に務められなくなった。

この先どうするか、今は考えられない。

「——そうか。そうだと思ったよ」

「え？」

そんな私に、アルマは笑顔でそう言った。不思議と、その笑顔に気持ち悪さは感じなかった。彼は続けて何かを言おうとする。

が、その言葉が聞こえることはなかった。

彼の声をかき消すように、外で爆音《ばくおん》が鳴り響《ひび》いたからだ。

「今の音は⁉」

「王都の……街のほうからね」

私たちはすぐに起き上がり、窓から外を眺《なが》める。ここの窓からはちょうど王都の景色が見て取れる。だからこそ、ハッキリ見えた。

「王都が……」

「燃えているわね」

王都から火の手が上がっている。場所は私たち貴族が暮らしている区画に近い。私は目を細め、感覚を集中させる。

「この魔力《まりょく》は……」

人間のそれとは違《ちが》う異質な魔力がかすかに感じ取れる。私はこの魔力を知っている。もっと大きく、身近に感じたことがある。

「――悪魔？」

「スレイヤ？　今なんて？」

「……悪魔の襲撃よ」

「悪魔？　あれはおとぎ話の怪物《かいぶつ》じゃないか！　現実にそんなものが――」

「いるのよ。この世界には悪魔が」

私は断言する。この世界の住人にとって、悪魔も魔王も遠い昔にあったかもしれないおとぎ話でしかなかった。現実だと知るのは、本来ならもう少しあとになってから。

彼らが自らを勇者だと自覚し始めた頃に、悪魔の存在も世界に露呈《ろてい》する。

明らかに早い登場だ。私が懸念《けねん》していたことが、今まさに起きようとしている。そうとわかればじっとしていられない。

私は部屋の出口へと足を進める。そんな私の手を、アルマが握《にぎ》って引き留める。

「なに？」

「どこへ行く気だい？」

「決まっているでしょう？　炎《ほのお》が上がっている場所によ。あそこに悪魔もいるはずだから」

「行ってどうするんだ？　相手が本当に悪魔なら学生の僕たちの出番じゃない。それにこういう時に動くのは騎士《きし》たちだ。僕たち貴族の役目ではないよ」

至極《しごく》真っ当な意見だ。本当に貴族らしくて、他力本願な考え方が、私は無性《むしょう》に気に入らない。

「そうやって、肝心《かんじん》な時に他人任せ。何もしないことが正しいと思ってる。そんなだと、いつか必ず大きな後悔《こうかい》をするわよ」

「――スレイヤ」

私は彼の手を強引《ごういん》に引きはがす。アルマの考え方は貴族としては正しい。命は平等に与《あた》えられるものだけど、その価値は決して平等じゃない。

自分たちが命をかけるべき場面ではないと身を引くのも賢《かしこ》い選択《せんたく》だろう。だけど私は、その考え方を笑う。

だってそれは、自分の運命に抗《あらが》うことすら諦《あきら》めた敗北者の考え方だから。

「私は、私の運命を自分で決める。そのために、私がすべきことをする。誰にも邪魔《じゃま》はさせない。これは私の人生なんだから」

「君は……」

「あなたにはないの？　全てを捨ててでも貫き通したい思いは」

「……僕には……」

わかっている。今の彼には、そんなものがないことを。彼自身が理解し、それを持っている者たちのことを、羨《うらや》ましいと感じていることも。

彼はただ機械的に、貴族という定められた地位を全《まっと》うしている演者に過ぎない。その役を脱《だつ》する手助けをするつもりだったけど、私は失敗してしまった。

「ごめんなさい。私は行くわ」

「スレイヤ……」

その後、彼は何も言わずに私の背中を見つめていた。私は振り返らず、彼の部屋から一人で出て行く。

失敗してしまった言い訳を考えるべきだけど、今はそれどころじゃない。悪魔《あくま》が王都に襲来《しゅうらい》するイベントは、勇者たちがもっと成長してから起こるはずだった。

こんなにも早く起こってしまうなんて予想外だ。今のこの地で、フレアの力も未だ不完全だし、勇者たちも未熟。

物語においてこの襲撃《しゅうげき》は、勇者たちが力を合わせることでなんとか乗り切っていた。彼らが未熟な以上、このイベントを突破《とっぱ》するには私の力が不可欠だ。

「やるしかないわね」

急ごう。このイベントが物語の通りだとすれば、悪魔たちの狙《ねら》いはこの地のどこかにいる魔王との接触と、魔王を邪魔する存在……主人公フレアの抹殺《まっさつ》だ。

◇◇◇

私は駆《か》ける。フレアが暮らしているのは学園が管理する宿泊施設《しゅくはくしせつ》。彼女のように遠方から来た学生が暮らす寮《りょう》のような場所だ。

時間的にはそろそろ学園が閉まる頃合《ころあ》い。フレアも学園を出て寮に戻っているはずだ。

「急がないと」

もしもフレアの身に何かあれば、この物語は最悪の結末を迎《むか》えるかもしれない。どんな物語でも、主人公の離脱《りだつ》はバッドエンド直行だ。

最悪を回避《かいひ》するために、悪魔の手からなんとしても彼女を守らなければならない。私は急いで彼女がいる寮へと向かう。すると案の定、彼女の寮付近で戦闘《せんとう》が勃発《ぼっぱつ》していた。

「ぎゃーはっはっはっ！　戦いは楽しいなぁ！」

「くそっ、なんなんだこいつ」

「強すぎる……」

「大丈夫《だいじょうぶ》ですか？　今すぐ治しますから」

陽気な悪魔と戦い負傷した男性たちを、フレアが自身の力で治療《ちりょう》する。聖なる力は癒《いや》しの効果を持っており、彼女の光に当てられた傷はみるみる回復する。

「おお、傷が癒《い》えていく。助かるよ」

「いえ」

フレアは険しい表情で悪魔を見つめる。悪魔もフレアと目を合わせてニヤリと笑みを浮《う》かべて言う。

「その光……そうかよ、やっぱいやがったか。めんどくせぇ聖女が」

「あなたは……誰なんですか？　どうしてこんなことをするんですか！」

「はっ！　見りゃーわかんだろう？　オレ様は悪魔だ！」

「あ、悪魔だって？　そんな……実在したのか」

周囲の人々がざわめきだす。悪魔の存在は一般的《いっぱんてき》に知られておらず、おとぎ話に登場する架空《かくう》の存在のように思われていた。

しかし彼らは実在する。その事実を、初めて人類が知ることになる。

「悪魔が一体なんのために……何をしに来たんだ？」

「わっかんねーか？　オレたちはてめぇら人間の敵なんだぜ？　んなもん、ぶっ殺しに来たに決まってんだろうが！　ひゃーっはっはっはっ！」

「くっ……なんて魔力だ……こんなの相手に……」

悪魔から発せられる異様かつ強大な魔力を目《ま》の当たりにした彼らは瞬《またた》く間《ま》に戦意喪失《そうしつ》し

てしまう。

そんな彼らを守る様に、フレアが一歩前へと出る。

「あなたの好きにはさせません」

「や、やめるんだ君！　我々に敵《かな》う相手じゃない。動けるなら逃げたほうが」

「ダメです！　私は誰《だれ》にも傷ついてほしくないんです！」

「君は……」

「はっはっ！　いいじゃねーかてめぇ！　オレを前にして戦う気でいやがる。そうでなくっちゃなぁ！」

悪魔の両手から紫色《むらさきいろ》の炎が発生し、それを正面で合わせることで爆発的《ばくはつてき》に火力を高め、前方へと発射する。

炎は地面をえぐり、空気を熱しながらフレアへと迫る。

「させない！」

フレアは胸の前で手を握る。捧《ささ》げた祈りに天が応える様に、輝《かがや》く透明《とうめい》な結界がフレアと周囲の人たちを覆《おお》うように守護する。

紫色の炎はフレアの結界によって阻《はば》まれる。

「す、すごい……あの炎を防いでいる」

「いいなお前！　けどなぁ、そんな結界でオレ様の攻撃《こうげき》に耐えられるかなぁ？」

「っ……私は……」

彼女《かのじょ》は未熟だった。自身の力を完全には理解しておらず、それ故に覚醒《かくせい》させていない。激しい炎を防ぐだけで精いっぱいで、それすら押し負け砕《くだ》かれようとしている。

実力の差は歴然だ。しかし彼女は負けを認めない。逃げようとしない。

それこそが――

「私が……みんなを守るんです！　絶対に！」

「主人公ね、フレア」

悪魔の頭上から氷柱《つらら》の雨が降り注ぐ。咄嗟《とっさ》に襲撃に気付いた悪魔は回避行動をとり、炎での攻撃を中断する。

「――っ！　なんだてめぇ！」

「ああ……来てくれたんですね……スレイヤさん」

「待たせてごめんなさい」

私はフレアの前にふわりと降り立つ。そんな私を見た彼女の瞳からは、じわっと涙《なみだ》がにじんでいる。きっと怖《こわ》かったはずだ。それでも逃げなかったことに、私は心からの敬意《けいい》を表する。

「よく頑張《がんば》ったわね」

「……はい。私、スレイヤさんが来てくれるって信じてました」

彼女は涙を流しながら笑う。主人公である彼女が、本来敵になるはずだった私のことを信じていた。私が知る物語ではありえない光景だ。

自分が変え、つかみ取った今の関係性を噛《か》みしめると同時に、こうして起こってしまったイベントへの責任を感じる。

「あなたが襲撃者《しゅうげきしゃ》ね？」

「てめぇ……何者？　さっきの魔法《まほう》は相当な威力《いりょく》だった。まさか勇者因子の持ち主か？」

「残念だけどハズレよ。けど、勇者のことを知っているということは、あなたの目的は彼女だけじゃなくて、勇者の抹殺かしら？」

「さぁな。オレは好きに暴れられればそれでいいんだよ！　てめぇは他の奴《やつ》らと違って強そうだなぁ」

「どうかしら？」

私は悪魔と睨み合う。このしゃべり方と、吊《つ》り上がった瞳、紫色の炎を操《あやつ》る特徴《とくちょう》……間《ま》違《ちが》いない。悪魔の先兵ミドレスだ。

物語の中盤《ちゅうばん》で最初にフレアと接触する悪魔。彼《かれ》によってフレアや勇者たちは悪魔の存在を知ることになる。

いわゆる物語におけるチュートリアル的な悪魔だが、その実力はフレアと勇者たちをギリギリまで追い込《こ》むほど強い。

物語では奇跡《きせき》が重なり、フレアの力が覚醒したことで辛くも勝利を収めるのだが……まだその段階にすら至っていない。

明らかに本来の流れよりも早い登場だ。これも私が物語を歪《ゆが》めてしまったことが影響しているなら、私自身の手で修正する。

「フレア、あなたは他の人たちを守って。この悪魔は私が──」

直後、爆音が鳴り響く。

悪魔による攻撃、ではなく、聞こえてきたのは私の背後側にある王城のほうだった。私は咄嗟に振《ふ》りむく。

「何？」

「おうおう、ルベルの野郎《やろう》も派手に始めやがったみてーだな」

「ルベル!?」

その名は当然知っている。元魔王《まおう》軍幹部の一人にして、アルマルートに登場した最後の敵だ。

「どういうこと？　まさか……」

ミドレスとルベルが共闘《きょうとう》して攻めてきたというの？

しかもあの方角には王城がある。つまり彼らの目的は聖女と勇者の抹殺だけじゃなくて、この国の王族を殺すこと？

「ふざけてるわね。一気に進み過ぎよ」

予想をはるかに上回る速度で物語のイベントが起こっている。しかもこの二体の共闘なんていうイベントは物語にない。

完全なオリジナルイベントの発生に、私は動揺《どうよう》していた。その動揺を見抜いたミドレスは、いつの間にか私の眼前に接近する。

「よそ見してていいのか？」

「っ――」

ミドレスの拳《こぶし》が振り下ろされ、私は咄嗟に魔力で障壁《しょうへき》を作って防御《ぼうぎょ》した。しかし不十分で間に合わず、私は吹《ふ》き飛ばされ家の壁《かべ》に激突《げきとつ》する。

「スレイヤさん！」

「おいガッカリさせんなよ？　せっかくの戦いなんだ楽しもうぜ？」

「っ……」

余裕《よゆう》を見せるミドレスに私は苛立《いらだ》つ。このままじゃ王城が火の海になる。幹部の実力は成長した勇者たちが苦戦するほどだ。

今の王城に、ルベルを撃退《げきたい》するだけの力はない。私がやらなきゃいけないのに、ミドレスが邪魔をする。

瞬時《しゅんじ》に対処して王城へ行くことができれば最高なのだけど、そう簡単な相手でもなかった。この状況《じょうきょう》をどう打開する？

頭を回しているけど答えが出ない。この状況をどうにかするには、私一人の力じゃ足りないとわかる。せめて誰か、私の代わりに戦ってくれる人がいれば……。

「……ベル」

彼なら余裕で対処できる。なぜなら彼は魔王だから。悪魔が攻めてきたというのに、一体どこで何をしているの？

まさかこの期に及《およ》んで彼らと結託《けったく》したわけじゃないでしょうね？

もしもそうだとしたら状況は絶望的だわ。

「おい、集中してねーな？　ガッカリさせるなって言ったよなぁ」

いつまで経《た》っても戦おうとしない私にミドレスは苛立ったのだろう。彼はその苛立ちをフレアに向ける。

「もたもたしてっと、こいつらを先に殺すぞ」

「やめなさい！」

もう考えている余裕すらない。私がやらなきゃフレアが死ぬ。そんな展開だけは認められない。けれどこの場で時間を使いすぎれば――

「珍《めずら》しく困ってるみたいだな！」

直後、まばゆい炎の斬撃《ざんげき》がミドレスを襲《おそ》う。ミドレスはバックステップで回避するが、そこにすかさず風の刃《やいば》が飛んでくる。

「手伝いにきましたよ。スレイヤさん」

「チッ」

ミドレスは紫色の炎で風の刃を相殺《そうさい》する。が、立て続けに地面が盛り上がり、左右に割れてミドレスを挟《はさ》みつぶそうとする。

「くそが！　次から次へとオレ様の邪魔しやがって！　てめぇ誰だ！」

「あなたたち……」

そこには彼らが立っていた。この物語の主人公フレアを救うヒーロー。選ばれし勇者、光の戦士たち。そして私の強引な方法で、心の隙間《すきま》を埋《う》めることに成功した三人。

「ここはオレたちの街だぜ？」

「好き勝手はさせないよ」

「悪魔は初めて見る。いい実験台になりそうだね」

「ライオネスとメイゲン、それにビリーまで」

主人公のピンチに颯爽《さっそう》と駆け付ける姿は、まさに物語のヒーローそのもので、悪役であるはずの私でさえ、その存在に胸を高ぶらせる。

「みんなも来てくれたんですね！」

「はっ！　オレは借りを返しにきただけだ。おいスレイヤ・レイバーン！　こいつはオレたちが相手をしてやる！　だからお前は、王城のほうに行け！」

「ライオネス？」

「ここはボクたちに任せてほしいんだ」

「メイゲン……」

「勘違いしないでくれ。ここを片付けたらすぐに俺たちも王城へ行く。それまで時間を稼《かせ》いでくれたらいい」

ビリーまで、フレアや他の人々を守る様にミドレスの前に立ちはだかる。そして彼らの後ろで、フレアも力強い瞳で私に言う。

「行ってください！　スレイヤさん！」

「フレア？　でもこの悪魔は――」

「大丈夫です！　私たちを信じてください！」

「……」

今の彼らではミドレスには勝てない。成長途中《とちゅう》の彼らでは勝機が薄《うす》いと理解しているのに、なぜだかフレアの言葉には説得力があった。

信じてしまっても、任せてしまってもいいのだと心で思える。なぜだかわからないけど、彼らを見ていると安心してしまう。

彼らならきっと、逆境さえ乗り越《こ》えてくれると。まるで、初めて物語を読んだ時のように、心でワクワクしている。

「……わかった。任せるわね」

「はい！」

「おう」

「任せてください！」

「いいから速く行くんだ」

ここを彼らに任せて、私は王城へと向かうことを決意する。そんな私を逃《に》がすまいと動くミドレスの前に、ビリーが生成した土の壁がそびえたつ。

「てめぇら……」

「悪いが、お前の相手はオレたちだ」

「……はっ、いいぞ？　悪くない目をしてやがるなぁ」

◇◇◇

ミドレスが紫《むらさき》の炎を両手に生成し、巨大《きょだい》な剣《けん》のように形を変えて攻撃をしかける。狙ったのはフレアだった。

かの悪魔も本能的に、フレアがもっとも厄介《やっかい》な敵だと理解している。それ故にフレアを狙ったが、その攻撃は青い炎を纏《まと》った剣によって受け止められる。

「させるか！」

「――――！　へぇ、面白い炎だなぁ」

受け止めたライオネスの剣は青い炎を纏っていた。この炎はミドレスの紫色の炎を燃やしている。炎が炎を燃やす。この異色の炎こそ、ライオネスに眠っていた勇者の素質。

「もっと燃えろ！　お前まで届かせてやる！」

「ライオネス！　右後方から攻撃が来るよ！」

「――！」

「おいおい、不可視の攻撃に気付けるのかよ」

鍔迫《つばぜ》り合いをしていたライオネスの背後を見えない斬撃が襲う。それをいち早く察知し防御したのはメイゲンだった。

彼の瞳《ひとみ》が瑠璃《るり》色《いろ》に光っている。この眼こそ、メイゲンを勇者たらしめる魔眼《まがん》。あらゆる魔法の情報を見抜《みぬ》き、少し先の未来すら見据《みす》える。

あの瞳の前に小細工は一切《いっさい》通用しない。そしてもう一人、ここには勇者の力を秘《ひ》めた男がいる。

「大地よ。俺《おれ》に従え」

「――！　地面が勝手に動きやがる！　てめぇか小僧《こぞう》！」

天才魔《ま》法使《ほうつか》いビリー。彼がもつ素質は、自然物に魔力を直接流《なが》し込み、自在に操作することができるという驚異的《きょういてき》なものだった。

彼の肉体には異なる魔力が融合《ゆうごう》して流れている。その性質が勇者の力とさらに混ざり、無機物に直接魔力を流すことができるようになった。

「やるじゃないか、ビリー」

「そっちも意外と戦えたんだな」

「二人ともすごいよ。ボクも負けてられないな」

彼らの内には勇者の力、素質が眠《ねむ》っている。本来この力は、物語の中盤から終盤《しゅうばん》にかけて覚醒する。

彼らは未熟だった。しかし勇者の力が覚醒していなかった一番の理由は、その身に魔王の力を宿してしまっていたためだ。

魔王の力が勇者の力を抑え込み、覚醒を妨《さまた》げていた。物語上で覚醒したのは、成長と共に魔王の力を押《お》しのけることができたから。

そう、今の彼らはスレイヤの策によって心の隙間を埋め、魔王の力から解放されている。もはや彼らの覚醒を拒《こば》む者はない。

スレイヤが知らぬ間に、彼らは勇者として成長していた。

そしてそれは、勇者に限った話ではない。

「いいじゃねーか！　けどまだ足りねぇーな！　そんなんじゃオレ様は倒せねーぞ！」

「だったら！　私が皆《みな》さんを守ります！」

聖なる光が周囲を包み込む。フレイヤの祈《いの》りが力を増し、共に戦う勇者たちの肉体を強化する。

「力が湧《わ》く……フレア」

「私だって、負けたくありません！　スレイヤさんに託《たく》されたんです」

彼女も成長していた。己《おのれ》の役割を知り、未来を知り、宿敵を知った彼女は、聖女の力を扱《あつか》う訓練を密《ひそ》かにしていた。

いつかともに戦う日が来た時、スレイヤの力になれるように。その努力が今、解放されようとしている。

「……そうだな。勝つぞ！」

「うん！」

「当然だ」

「ひゃーはっはっ！　いいぜお前ら！　最高だぁ！」

戦いは激化する。

しかし、勝者は最初から決まっていた。この世界が一つの物語ならば、ここで勝つのは主人公とその仲間たちしかない。

そう、彼らが戦う意志を示した時点で、勝利への道程は定められていたのだ。

◇◇◇

自分が一体何を求めているのかわからない。胸に手を当てて、感情の動きを機械的に考察する。

王女からの婚約《こんやく》を持ち出された時、どうして僕はすぐに結論を出さなかったのだろう。どうしてあの時、元婚約者の顔が浮かんだのだろう。

王都のどこかで襲撃が起こり、彼女は一目散に駆け出してしまった。僕は一人、屋敷に残っている。

名のある貴族として大切なのは生き残ることで、自らが危険を冒《おか》すことはないと考えていた。襲撃の対処も、騎士たちや近くの者たちに任せればいい。

わざわざ危険な場所に自ら向かう必要なんてない。僕の考えは間違っていない……はずなのに……。

「後悔する……か」

去り際に彼女が言い放った言葉が残っている。自分の考えは正しいと思いながら、それを疑ってしまう自分もいる。

僕はどうするべきなのだろう。悩《なや》む僕は、王城のほうへと向かう光の線を見つける。それは流れ星のようだった。しかし自然現象ではなく、魔法による攻撃だと瞬時に気付く。

光は王城へ落ち、その直後に爆発音《ばくはつおん》が鳴り響く。

「っ……」

この屋敷《やしき》は王城からも近かった。それ故に王城へ飛来した魔法も、そこに残る異質な存在にも気づかされる。

「襲撃者の狙いは王城？　さっきの爆発《ばくはつ》は陽動だったのか？」

スレイヤは最初の爆発地に飛び出してしまった。おそらく学園の付近だった。学園から王城まではそれなりに距離《きょり》がある。

彼女が気づいて折り返すよりも、僕がいる場所からのほうが近い。

「……どうしてかな？　僕がやらなきゃって思うのは」

彼女の行動に、変化に触発《しょくはつ》されてしまったのかもしれない。僕は危険だと理解しながら駆け出していた。

向かうは火の手が上がっている王城。自分が駆け付けたところで意味はないかもしれない。すでに騎士たちが対処し、混乱は収まっているかもしれない。

頭ではそう理解していても、身体が勝手に動いてしまう。まるで何かに後押《あとお》しされるように、自分がやるべきだという衝動《しょうどう》に駆られる。

そしてたどり着いた先で、僕は目撃《もくげき》する。

「おやおや、これが王国を守護する騎士の力ですか？　あまりに幼稚《ようち》、あまりに無様ですね」

「こ、これは……」

王国の騎士たちが次々に倒《たお》れていき、負傷者で山が作られようとしていた。僕は驚愕《きょうがく》し、後ずさろうとする。そんな僕に、異形の存在は気づく。

「おや？　騎士以外にもいるのですね」

「っ……」

人間ではないことくらい一目でわかった。赤黒い瞳、人間にはない頭の角と背中から生えている黒い羽根……まるで――

「悪魔」

「ほう、知っている者がいましたか」

それはニヤリと笑《え》みを浮かべた。思ったことを口に出し、その言葉が当たっていたことに驚愕して、身体が震《ふる》える。

物語の登場人物、悪役でしかなかった存在が現実にいると理解させられた瞬間《しゅんかん》だ。僕は確信する。今の僕では、この悪魔には到底《とうてい》かなわないと。

逃げるべきだ。今僕がここで倒れたら、貴族として積み上げてきた地位も未来も失ってしまう。たとえ無様でも逃げないといけない。

それなのに……。

「――ほう、戦う意志を持ちますか」

身体が、逃げようとしていない。震えて動けないわけじゃない。動かそうと思えば今すぐにでも背を向けて走り出せる。

自分でも理解ができない。こんな感覚は初めてだ。今ここで逃げたら、僕は永遠に後悔するような気がした。

「猛き雷鳴《らいめい》よ！」

気が付けば僕は、眼前にいる悪魔に向かって魔法を発動していた。もっとも得意とする雷《かみなり》を操る魔法を放ち、悪魔を攻撃する。

「――なるほど、悪くない威力ですね」

「くっ！」

まったく効いていない。防いだのか、躱《かわ》したのかさえわからなかった。明らかに実力の差が開きすぎている。

直後に眼前から悪魔が消えて、気配は一瞬《いっしゅん》にして背後に回る。僕は咄嗟に雷を自身の身体に纏わせ、自己加速の魔法を発動させる。

「今のを躱しますか。思ったよりもやりますね」

「っ……」

完全には躱せていない。かすった頬《ほお》から血が流れ落ちる。僅《わず》か数秒の交錯《こうさく》でこの疲労《ひろう》感。一瞬でも気を抜《ぬ》けば殺される。すぐそこに迫《せま》る死の恐怖《きょうふ》に身体が震えても、尚逃《なおに》げることはできない。

「中々悪くない。いい素質をもっているようだ。だけど残念ながら、その程度では私は殺せない。惜《お》しいことをしましたね。戦わずに逃げていれば、よかったものを」

「……僕もそう思う。けど、なんでかな？　ここで逃げたら……二度と振り向いてもらえない気がしたんだよ」

こんな状況で、僕の脳裏《のうり》には彼女の顔が浮かんでいた。元婚約者で、いつの間にか変わってしまったあの人が……僕には……。

「誰の話をしているんですか？」

「さぁ？　あなたには関係ない」

「そうですか。たしかに興味はありません。では、終わりにしましょう」

ようやく自分の気持ちを理解した。なぜ僕が、王女様との婚約に頷《うなず》かなかったのか。終わったはずの関係に、今も尚　執着《しゅうちゃく》しているわけを。

ならばここで死ぬわけにはいかない。もう一度会って話をするまで――

「僕は死ねない」

「いいえ、あなたはここで――」

「死なないわよ」

声が聞こえた。その声に合わせるように、爆発音が鳴り響く。目の前の悪魔が煙《けむり》で覆われて見えなくなった。

何が起こったのかはハッキリは見えない。ただ、混乱しながらも理解できる。僕が助けられたことも、助けてくれたのが、彼女だということも。

「――まさか、君に助けてもらえるなんて思わなかったよ、スレイヤ」

「私も意外だったわ」

彼女は降り立つ。優雅《ゆうが》に、力強く。その後ろ姿にはもはや、僕が長年見てきたスレイヤ・レイバーンという女性の面影《おもかげ》はなかった。

◇◇◇

あの場を彼らに任せた私は、屋根から屋根を飛び移って王城へと駆ける。不安がないと言えば嘘《うそ》になる。それでも今は、彼らを信じるしかない。

いち早く王城に駆け付けて悪魔を倒す。もしここで王城に多大な被害《ひがい》がでれば、私だって勇者たちを攻略《こうりやく》している場合じゃなくなる。

何より中途半端《ちゆうとはんぱ》な状態で物語が進行すれば、最悪全員が不幸になるバッドエンドに向かってしまう。

私が到着《とうちやく》するまでなんとか持ち堪《こた》えてもらわないと。

(——随分《ずいぶん》と焦《あせ》っているみたいだな、スレイヤ)

「——！　ベル」

突然《とつぜん》、頭の中に彼の声が流れ込む。魔法によって声を頭に届けているらしい。

「どこで何をしていたの？　こんな状況なのに」

(悪いね。今回は傍観《ぼうかん》していようと思っているんだ)

「傍観？　どうして？」

(確かめるためさ。俺が見込《みこ》んだ人間が、この危機的状況をどう乗り越えるのか。それとも乗り越えられないのか)

唐突に意味不明なことを言い出すベルフィストに、私は小さくため息をこぼす。

「冗談《じようだん》を言っている場合じゃないのよ」

(冗談じゃない。俺は本気だよ。もしこれを乗り越えられないようなら、俺の嫁《よめ》には相応《ふさわ》

しくない。条件を達成できないならせめて、理想の嫁であってほしいんだ）

「……そういうことね」

アルマとのやり取りを彼は見ていたんだ。私が彼の誘《さそ》いを拒絶《きょぜつ》して、自らの役目を放棄《ほうき》したことも知っている。

勇者たちの心の隙間を埋めて、彼らから魔王の力を解放する。それが彼と交《か》わした約束で、代わりに私の安全を保障させた。

ここまで順調だった計画も、私が感情を優先したことで雲行きが怪《あや》しくなる。だからこそ、このタイミングで秤《はかり》にかける。

「まさか、この襲撃はあなたが用意したの？」

（残念、俺も予想外だったよ。見知った顔ではあるけどね）

「そう、じゃあ倒してしまって構わないわね」

（ああ、もちろん。見せてもらおうか？　君がどれほどの人間なのか）

姿は見えなくても、意地悪な笑みを浮かべているのがわかる。魔王らしく意地悪な試練だと思った。

ここで彼が認める結果を出さなければ、私が求める安らかな未来から遠ざかる。その時は本当に、彼と全力で戦わなくてはならない。

「上等よ」

やってやるわ。魔王を相手にすることに比べたら、幹部なんて屁《へ》でもない。私はより安全に、確実な方法で安らかな未来を掴《つか》む。

「――！　あれは……」

王城の上空に到着した私が見たのは、ルベルに一人で立ち向かうアルマの姿だった。なぜ彼がここにいるのか。自ら勝てない相手に挑《いど》むような性格じゃない彼が、どうして逃げずに立ち向かっているのか。

まるで人々を守るために戦う勇者のようだと感じて、思わず笑ってしまう。まるで、じゃない。彼もまた、勇者の一人なのだと。

「死なせないわ！」

好き嫌《きら》いは私個人の問題だ。この世界に、この物語に、アルマという勇者はなくてはならない存在だから。

それに、気に入らなくても目の前で死なれると寝覚めが悪いしね。

「――まさか、君に助けてもらえるなんて思わなかったよ、スレイヤ」

「私も意外だったわ」

彼がここにいることへの疑問より、勇敢《ゆうかん》に立ち向かう姿に刺激《しげき》を受けた。ほんの少しだけ見直したわ。

「下がっていて。あれの相手は私がするわ」

「君一人で？」

「そうよ？　何か言いたいことでもあるの？」

「……いいや、ないよ」

彼は私の後ろで、ゆっくりと呼吸を整えている。

「本当に……君は変わったね。スレイヤ」

私は振り返らない。彼がどんな表情で、何を思ってそう言ったのか少し気になったけど、私は目の前に敵に集中する。

「あなたがルベルね」

「私の名をご存じですか？　人間にも聡明《そうめい》な方はいるようだ」

「さっきお仲間から聞いたわよ」

「……ミドレスですか。まったく困ったものですね。味方の情報を軽々と口にするなんて」

やれやれとルベルは首を横に振る。激情タイプなミドレスと、冷静で狡猾《こうかつ》なルベルは性格的に相性《あいしょう》が悪そうだ。よく共闘できたなと感心するほどに。

「まぁいいでしょう。ここで消してしまえば終わる話です」

「そうね。お互《たが》い、邪魔《じゃま》でしょ?」

「ええ、まったく邪魔です」

ルベルにとって私は自身の行く手を阻む邪魔者であるように、私にとっても彼は、私の未来を妨げる障害だ。

本能か、それとも予感なのか。わたしたちは同じ感覚を共有している。今ここで倒さなければいけない、と。

瞬間、魔力《まりよく》と魔力が衝突《しょうとつ》する。

私の身体から放たれる魔力と、ルベルの身体から放たれる魔力がぶつかり合い、押し合っている。

「ほう。悪魔《あくま》である私に匹敵《ひってき》する魔力ですか。こんな人間がいたとは……驚《おどろ》きを隠《かく》せませんね」

「そう? だったらもっと驚くことになるわよ」

私たちは押し合いながら上空へと上がる。十分に王城から距離をとり、誰の迷惑《めいわく》にもならない場所へとルベルを誘導《ゆうどう》した。

彼には悪いけど、ダラダラと戦う気なんてない。この戦いで私は見せつける必要があるんだ。

彼に……私の力を、私の覚悟《かくご》を。

「見せてあげるわ。とっておき」

私は頭上で複数の魔《ま》法陣《ほうじん》を一気に展開する。全て異なる属性、効果の魔法陣だ。このすべてを一つに凝縮《ぎょうしゅく》し、新たな魔法陣を生み出す。

「複合魔法？　しかしこれは……」

「私は考えた。勇者でも聖女でもない私が、どうやったら魔《ま》王《おう》を倒せるのか」

「魔王……だと……」

ルベルの表情が強張《こわば》る。彼は魔王サタンの配下。ここへやってきたのが偶然《ぐうぜん》ではないとすれば、復活の兆《きざ》しに気づいているのかもしれない。

物語でも、彼らは今も魔王を崇拝《すうはい》していることがわかっていた。いずれ敵になる存在だ。彼らも含《ふく》めて、私は一人で相手取る覚悟で修行《しゅぎょう》した。

「普通《ふつう》の方法じゃ無理だと思ったの。いくら強くなっても、ただの魔法使いに魔王は倒せない」

「その通りです。魔王様は絶対の存在！　あなたのような人間では到底敵《とうていかな》わない」

「そうかしら？　人間を舐《な》めないほうがいいわよ」

「何を……!?　こ、この光は――」

私が作り出した複合魔法陣から淡《あわ》い光の粒子《りゅうし》があふれ出る。ルベルは驚愕する。それもそのはずだ。

なぜならその粒子は、天から授《さず》かりし救いの光。この力は魔法ではなく、この世で唯一《ゆいいつ》魔王の力に真っ向から対抗《たいこう》できる力。

「聖なる……力?」

「この力なら、魔王も倒せるでしょう?」

「馬鹿な!　その力は聖女だけが扱えるもの!　まさかあなたも……聖女だというのか?」

「そんなわけないじゃない。この世に聖女は……主人公は一人だけよ」

聖なる力をその身に宿しているのは聖女であるフレアだけだ。私にはない。願っても手に入らない。

ただ、私は知っている。最終決戦で明かされた聖なる力のことを。聖女の力は、人々の内にある願いから生まれている。故に、気づかないだけでみんな持っている。

フレアの力はただ、自分や周囲の人々が持つ願いの力を集め、自身の力として扱うことだった。

そう、こんな私の中にもある。聖なる力が宿っている。この力が人の願いから生まれるということは、人知を超《こ》えた力でないということは……。

「魔《ま》法《ほう》で再現できるのよ。ちょっと難しいけどね」

「ありえない……」

「その決めつけが進化を止めるのよ」

私は何としても幸せな未来を掴みたかった。そのための努力を重ね、この方法にたどり着いた。魔力を一時的に聖なる力へと変換《へんかん》する魔法に。

扱いが難しくて、失敗すれば私もろとも周囲を破《は》壊《かい》する諸刃《もろは》の剣。成功するかどうかは半々の賭《か》けだった。

どうやら一世一代の賭けには勝てたらしい。

「運がなかったわね」

「――舐めるな！　この程度で私は――」

「もう遅《おそ》いわ」

聖なる光が天から降り注ぐ。

これこそ魔王サタンを倒すために考案した私だけの魔法。

疑《ぎ》似《じ》聖創――

「リヒトレイン」

「ぐ、うあああああああああああああああああああ」

ルベルの叫《さけ》び声が木霊《こだま》する。偽《いつわ》りでも聖なる力に変わりはない。聖なる力は悪魔にとって毒となる。

まばゆい光が王都を包むように広がり、光の雨が夜空を彩《いろど》る。

「――ははは っ！　これか！　これがお前の切り札か！　スレイヤ・レイバーン」

どこかで見ていたベルフィストが興奮しながら声を上げる。その声は私の脳内にもうるさいくらいに響《ひび》いていた。声が重なって聞こえる。

意外と近くで彼は見ていたらしい。

「なるほど、これを使われていたら確かに……俺を殺せたかもしれないな」

「命拾いしたでしょ？」

「面白《おもしろ》い。やはり俺の眼にくるいはなかったか」

「……そう」

満足してもらえてよかったわ。

もっとも、この後の処理を考えると、心の底から憂鬱《ゆううつ》になる。多くの人たちに見られてしまった。果たして私は、明日から平和な日常に戻《もど》れるのだろうか。

◇◇◇

スレイヤの勝負が決着した頃《ころ》、フレアたちの戦いも終結した。

「ぐ、う……まさかオレが……こんな奴《やつ》らに……」

「……はぁ、っ、悪いな」

「ボクたちは負けられないんです」

「ここで倒れろ、悪魔」

激戦の末、辛《から》くもフレアたちが勝利を収める。これは奇跡的《きせきてき》なことである。物語の序盤《じょばん》で、中盤《ちゅうばん》以降に現れる強敵を、本来の人数よりも少ない状態で倒したのだから。

しかしまだ終わっていない。フレアは王城へと視線を向ける。

「スレイヤさんのところに！」

「……いいや、その必要はないみたいだ」

「え？」

ライオネスたちは空を見上げていた。その視線に合わせる様に、フレアも夜空を見上げる。そこに広がったのは満天の星を塗《ぬ》りつぶすような光の雨だった。

「綺麗《きれい》……」

思わず声が漏《も》れる。その光が何なのか、フレアは瞬時に理解する。

「スレイヤさんの光だ」

その隣《となり》で、ライオネスが呆《あき》れて笑いながら呟《つぶや》く。

「オレたちの想像を簡単に超えてくるな。あいつは……」

主人公とヒーローたちが並んで空を見上げる。しかし彼《かれ》らの頭には、同じ人物が浮《う》かんでいた。彼らにとって本来は敵であるはずの女性が。

エピローグ

予想通りというか、面倒《めんどう》なことにはなった。

王都を襲った悪魔、公にはされていないから謎《なぞ》の人物となっているけど、彼らを撃退《げきたい》したのは一人の学生だった。

その報は一瞬にして王都中に拡散されてしまい、私は一躍《いちやく》有名人になってしまった。国王から表彰《ひょうしょう》されたり、騎士団《きしだん》に推薦《すいせん》されたり、本当に疲《つか》れた。

私はそのほぼすべてを断って、平凡《へいぼん》な日常へ戻ることを希望する。私は王城での話を終えて帰宅途中、敷地内《しきちない》を出てからため息をこぼす。

「はぁ……」

こんなことならベルフィストに頼《たの》んで、襲撃《しゅうげき》の記憶《きおく》を消してもらうんだった。そうしてしまえば……。

「スレイヤ」

「アルマ」

私の失敗もなかったことに……なんて、考えているところで再会を果たす。私たちは向き合い、無言のまま時間が過ぎる。

気まずい雰囲気《ふんいき》の中、静寂《せいじゃく》を破ったのはアルマだった。

「ずっと、君は僕と似ていると思っていたんだ」

「私と？」

「ああ」

彼は頷き、続ける。唐突《とうとつ》な話題だけど、彼のいつになく真剣《しんけん》な表情を見て、こちらも聞くべきだと思った。

「君も僕も、今いる場所に固執《こしつ》している。貴族としての地位を、立場を……大事にしている。守ろうとしている。そこが似ていた」

「……」

否定はしない。私じゃなくて、スレイヤはそうだったから。自身の貴族令嬢《れいじょう》としての地位を振《ふ》りかざし、好き勝手に生きていたのがスレイヤだ。

確かに、二人は似ていた。

「でも、突然君は変わった。貴族らしくない振る舞《ま》いを見せる様になった。僕との婚約破棄《こんやくはき》もそうだ。まるで別人みたいだと思ったよ」

「……そうでしょうね」

胸がざわつく。その感覚は正しい。私は……スレイヤじゃない。彼が知っているスレイヤは、もうここにはいない。

「変わった君は、憑《つ》き物でもとれたみたいに自由に振舞《ふるま》っていた。幸せそうに見えた……それを見ていると、僕《ぼく》の心は締《し》め付けられた。なんだか、否定されている気分だったんだ」

貴族としての自分を正しく見せ、守ろうとすることを。それを何より正しいと思い、貫《つらぬ》いてきたのが彼だ。そしてスレイヤも……意図は違《ちが》えど、貴族の令嬢として相応しくあった。

変わっていくスレイヤを目《ま》の当たりにして、彼は揺《ゆ》らいだ。今いる場所が、本当に正しいのかと。

奇《く》しくもその感覚は、彼がフレアと恋《こい》に落ちた時に直面した問題と似ていた。

「僕のことは嫌いか？」

「ええ、嫌いよ」

一度ハッキリと否定してしまった言葉だ。ここで訂正《ていせい》できたかもしれないけど、私は考えなかった。

私はこの人があまり好きじゃない。この気持ちは本物で、偽りようがなかった。たとえ誤魔化《ごまか》しても、いつか必ず同じような失敗をする。

それなら私は、最初から嫌いなことを前提に関わる。嫌いな相手の心を、どうやって埋《う》めればいいのかさっぱりわからないけど……。

「そうか。ハッキリ言ってくれてよかった。なんだかスッキリしたよ」

そう言って彼は笑う。まただ。今のはきっと、作り笑いじゃない。呆れた笑顔《えがお》だったけど、本物だった。彼が本心から笑うのは、フレアの前だけだった。

それがどうして……。

「どうして、そんな顔ができるの？」

「どんな顔をしてる？」

「……満足したみたいな……嬉《うれ》しそうな顔よ」

この状況《じょうきょう》には似つかわしくない表情に、私は顔を顰《しか》める。すると彼は納得《なっとく》したようにうなずき、笑顔で答える。

「君のおかげで、いろいろ気づけたんだ。自分の気持ちに……ずっとモヤモヤしていた」

彼は胸に手を当てる。

「王女様との婚約の話があったんだ。けど僕はそれを保留にした」

「……そうだったの？」

てっきり噂《うわさ》で止まっているのだと思っていたけど、王女との婚約話は事実だったらしい。それを保留にするなんて……。

「あなたらしくないわね」

「自分でもそう思う。だからモヤモヤした。どうして……考えてもわからなかったけど、君を見ていて気付いた」

彼は見つめる。私のことをまっすぐ、婚約者だった頃には一度も見せなかった本物の笑顔で。

「どうやら僕は、君のことが本気で好きになってしまったらしい」

「――え」

予想外の言葉に思わず困惑《こんわく》する。その言葉が、思いが本当だということくらい、表情を見ればわかってしまった。

「君は変わった。変わった君を見ていると心がくすぶられる。人は変わることができる。そしてそれは、こんなにも綺麗なんだと」

「綺麗……？」

「そう、綺麗だった。あれからずっと君のことばかり考えていて、君を見ていた。君は活《い》き活きと楽しそうに過ごしている。僕はそれが……羨《うらや》ましくて、自分もなりたいと思ってしまったんだ」

「そのセリフは……」

物語の中で、アルマがフレアに告白した時のセリフとよく似ている。立場や権力を捨ててでも手に入れたいものがある。

それを知ったことでアルマは変わった。まさか同じ理由で、一度は拒絶した私に好意を寄せる様になるなんて……。

「……でも、私はあなたが好きになれないわ」

「知ってる。僕も、今の自分が好きかと問われたら……微妙《びみょう》なところだな」

「……自分でも？」

「ああ。自信は持てない……から、たぶん間違《まちが》っているんだ。今の僕の在り方は……」

「間違ってはいないでしょ？」

「それを君が言うのかい？　僕からすれば、今の君がいるからそう思えるんだよ」

別人のように変わった私を見て、アルマは思う。

「君が変われるなら僕も……だから、見ていてほしい。僕は変わろうと思う。何者でもない空っぽの自分を脱《ぬ》ぎ捨てる」

「アルマ……」

「まだ具体的にどうするかはわからない。それでも変わってみせる。だから君に、その姿を見てほしい。見て……知ってほしい。今の僕を嫌っていても、変わった僕なら好きになってくれるかい？」

アルマは優《やさ》しく微笑《ほほえ》んで、私の答えを待つ。

これも物語を変えてしまった私の責任……その一つなのだろう。もしも私が主人公なら、彼の思いに応えるべきだ。けど、私は主人公じゃない。

スレイヤ・レイバーンは、悪役ヒロインだから。

「……ふふっ、いいと思うわよ。それも、あなたらしいわ」

曖昧《あいまい》な言葉ではぐらかす。その気にさせて、いつかまた嫌いだと突《つ》き放《はな》すかもしれない。なんとなく、彼はそれも覚悟の上で告白したように感じた。

「僕らしいか。初めて言われたよ」

「二度は言わないわ」

「わかっている」

これは私とアルマの物語じゃない。もしそうだったとしても、今この瞬間に一度終わった物語だ。

この先どうなるかは、未来の私たちだけが知っている。

◇◇◇

「運がよかったな」

私たちはいつものように中庭で集まり、作戦会議をする。

昨日の話を済ませて、ベルフィストがそう言った。運がよかった。まったく、その通りで返す言葉もない。

「いいじゃないですか！　ちゃんと回収できたんですよね？」

「ああ、バッチリだ」

「なぜかね」

アルマに告白された時、あの場にはベルフィストも隠れていた。失敗したはずだった。アルマの心の隙間《すきま》を埋められなかった。

そう思っていたのに、後で聞いたら驚く回答がベルフィストから飛び出した。

「俺《おれ》も驚いたよ。まさか飛び出てくるなんてな」

アルマの身体から、魔王《まおう》の力の一部が放出されたらしい。結果的に、私は目的を達した。

「何一つ予定通りにいかなかったわ」

「見ていてヒヤヒヤしたぞ。予定外の行動をしたときは特に」

「そうでしょうね。反省してるわ」

「別に俺は構わないけどね。前にも言った通り、本気で困るのは俺じゃない。君が何を優先しようと、それは君の選択《せんたく》だし、意志だ」

彼は遠回しだけど、忠告している。今回、私は自分の感情を優先して、アルマを拒絶した。それが偶々《たまたま》上手《ま》くハマったおかげで目的を達成できただけだ。取り返しのつかない結果になることだってありえた。

その場合、私たちの契約《けいやく》は破綻《はたん》する。

「ま、そういうところも含めて、俺は君に期待してるんだけどね。君は意志も強い。俺に挑んでくるだけの力がある。どうせなら、ちゃんと目的を達成して嫁になってほしいな」

「お嫁さん……本気でなっちゃうんですか？　こんな変人と？」

「君は相変わらずひどいことを言うな」

「事実ですから！　スレイヤさんにはもっといい人がいますよ！」

「ありがとう。でもいいのよ。私は、ちゃんと生きたいだけなの」

本来ならば破滅《はめつ》し、死を迎《むか》えるだけのエンディング。

それを回避《かいひ》するために奮闘《ふんとう》している。彼と結婚《けっこん》することだって、そのために必要な過程だ。少なくとも今のところ、拒絶するほど彼のことを嫌ってはいないから。

「もし嫌《いや》になったら、その時は戦うだけよ」

「ははっ！　望むところだよ」

「私はスレイヤさんの味方です！」

「ふふっ、心強いわ」

私は笑う。未来は未確定で、将来は不確定。本来の流れから大きく外れてしまった物語の予測は当てにならない。

この先の展開は、もう私にもわからなくなった。

もしかすると、いずれ本当に私とベルフィストはぶつかる日がくるかもしれない。本気で戦わないといけないかもしれない。

その時はその時だ。

今はまだ、考えなくていい。

「残るは一人……彼を攻略したらいよいよね」

「なんだ？　俺の嫁になるのがそんなに楽しみか？」

「変人は黙《だま》っていてください」

「ふふっ」

楽しみといえばそうかもしれない。残る最後の一人を攻略すれば、私は安らかな未来を手に入れられる。

平凡ではなく、役割を持ちながら、それでも楽しく慌《あわ》ただしい日々。今のところ全部、私の願いは叶《かな》っている。だからこのまま突き進《すす》もう。

この世界は物語で出来ている。だけど、生きているのは私たち自身だから。

これはきっと、私たちの物語だ。

あとがき

読者の皆様初めまして、日之影ソラと申します。まず最初に、本作を手に取ってくださった方々への感謝を申し上げます。

非凡を望んだ少女が生まれ変わったのは、憧れだった本の世界。だけど転生先はバッドエンド間違いなしの悪役令嬢だった主人公が、なんとかバッドエンドを回避しようと奮闘するけど上手くいかない。

逃げても迫る運命の出会いから、本来ならばありえなかった人物との共同戦線。バトルあり、ラブロマンスありの本作でしたが、いかがだったでしょうか？

少しでも面白い、続きが気になると思って頂けたなら幸いです。

本作は主人公の愛読書の物語の登場人物として転生するお話になります。本作に関わらず、空想の世界に生まれ変わるというのは、一度は夢見たことがありませんか？

私も小さい頃から何度も思い描き、いつかそういう日が来ないかな……なんて思っていたら大人になっていました！

そして今は空想を作る側の人間になっております。感慨深く、未だに子供の心を忘れていない自分がちょっぴり恥ずかしく、だけど誇らしくもあります。

本作を呼んでくださった方々の中にも、大人になっても子供みたいな空想を思い描き、夢に見ている人はいるかと思います。

あまり大きな声で他人には話せなくとも、思い描くだけなら自由ですし、ほんの少しでも自分の理想とするような世界を考え着くと、やっぱりワクワクしますよね。

そういう一つのワクワクが、また新しい物語を作っていきます。この話に共感できる人は、一度物語を書いてみるといいかもしれませんね。


最後に、素敵なイラストを描いてくださったコユコム先生を始め、書籍化作業に根気強く付き合ってくださった編集部のＳさん。ＷＥＢから読んでくださっている読者の方々など。本作に関わってくださった全ての方々に、今一度最上の感謝をお送りいたします。

それでは機会があれば、また二巻あとがきでお会いしましょう！

HJ NOVELS
HJN76-01

悪役令嬢に転生した田舎娘がバッドエンド回避に挑む話1
〜死にたくないのでラスボスより強くなってみた〜

2023年8月19日　初版発行

著者——日之影ソラ

発行者—松下大介
発行所—株式会社ホビージャパン
〒151-0053
東京都渋谷区代々木2-15-8
電話　03(5304)7604（編集）
03(5304)9112（営業）

印刷所——大日本印刷株式会社

装丁——BELL'S GRAPHICS／株式会社エストール

ISBN978-4-7986-3250-6　C0076

ファンレター、作品のご感想お待ちしております

〒151−0053　東京都渋谷区代々木2−15−8
(株)ホビージャパン HJノベルス編集部 気付
日之影ソラ 先生／コユコム 先生